Clive S. Lewis
Der König von Narnia

W0304617

Der Autor:

Clive Staples Lewis lebte von 1889 bis 1963 in England. Er studierte Anglistik in Oxford und hatte ab 1954 den Lehrstuhl für Literatur des Mittelalters und der Renaissance in Cambridge inne. C. S. Lewis veröffentlichte zahlreiche wissenschaftliche Werke. 1949 erschien der erste Band seiner berühmt gewordenen ›Narnia‹-Romane. Unter seinen zahlreichen Fans befinden sich auch viele Erwachsene.

Clive S. Lewis

Der König von Narnia

Ein phantastisches Abenteuer

Mit Illustrationen von Rolf Rettich

Deutscher
Taschenbuch
Verlag

dtv

Aus dem Englischen von Lisa Tetzner

Titel der Originalausgabe: ›The Lion, the Witch and the Wardrobe‹, erschienen in den Verlagen Geoffrey Bles (1950) und William Collins (London 1974)

Titel der deutschen Erstausgabe: ›Die Abenteuer im Wandschrank‹, erschienen im Verlag Herder, Freiburg 1959

Ungekürzte Ausgabe
Oktober 1987
Deutscher Taschenbuch Verlag GmbH & Co. KG, München
© 1977 Annette Betz Verlag, Wien – München, im Verlag Carl Ueberreuter
ISBN 3-7641-0123-7
Umschlaggestaltung: Celestino Piatti
Umschlagbild: Rolf Rettich
Gesetzt aus der Aldus 10/12·
Gesamtherstellung: Ebner Ulm
Printed in Germany · ISBN 3-423-70119-6

Inhalt

Lucy schaut in einen Wandschrank

Es waren einmal vier Kinder: Peter, Suse, Edmund und Lucy. Im Krieg wurden sie wegen der vielen Luftangriffe von London fortgeschickt in das Innere des Landes, in das Haus eines alten Professors, der zehn Meilen von der nächsten Bahnstation und zwei Meilen von der nächsten Post wohnte. Er hatte keine Frau und lebte in einem sehr großen Haus mit einer Wirtschafterin, Frau Macready, und drei Zimmermädchen, die Ivy, Margarete und Betty hießen, aber sie kommen in unserer Geschichte kaum vor. Unsere Geschichte erzählt bloß etwas von dem, was den vier Kindern dort widerfuhr.

Der Professor war ein alter Mann mit struppigen weißen Haaren. Sie wuchsen nicht nur auf seinem Kopf, sondern auch auf seinem Gesicht. Er gefiel ihnen auf den ersten Blick. Aber er erschien ihnen recht merkwürdig, als er bei ihrer Ankunft vor das Haustor trat, um sie in Empfang zu nehmen. Lucy, die Jüngste, erschrak ein bißchen vor ihm, und Edmund, der Zweitjüngste, verkniff sich das Lachen und tat so, als müsse er sich die Nase schneuzen.

Sobald die Kinder dem Professor gute Nacht gesagt hatten und zum Schlafen hinaufgingen, kamen die Jungen in das Zimmer der Mädchen, und sie schwatzten noch zusammen.

»Ich glaube, wir haben Schwein gehabt«, sagte Peter. »Hier scheint es geradezu blendend. Der alte Knabe läßt uns ganz sicher tun und lassen, was wir wollen.«

»Er ist ein süßes Alterchen!« meinte Suse.

»Ach Quatsch!« sagte Edmund. Er war müde, wollte das aber nicht zeigen, und da wurde er stets schlechter Laune. »Hör doch mit dem Gerede auf.«

»Was für Gerede?« fragte Suse. »Für dich ist es höchste Zeit. Geh zu Bett.«

»Du versuchst mal wieder Mutter zu spielen«, grollte Edmund. »Seit wann hast du zu bestimmen, wann ich zu Bett zu gehen habe? Geh doch selber schlafen!«

»Wir sollten eigentlich alle schlafen gehen«, schlug Lucy vor, »es gibt sicher Krach, wenn man uns hier schwatzen hört.«

»Nein, uns hört keiner«, sagte Peter. »In diesem Haus kümmert sich niemand um uns. Keiner kann uns hören. Man braucht fünf Minuten von hier aus bis zum Speisezimmer hinunter, und dazwischen liegen noch eine Menge Treppen und Gänge.«

»Pst! Was ist das?« fragte Lucy plötzlich. Sie war nie zuvor in einem so weitläufigen Haus gewesen, und als sie an die langen Gänge und die vielen Türen dachte, gruselte ihr.

»Dummes Schaf«, sagte Edmund. »Es ist bloß ein Vogel.«

»Eine Eule«, erklärte Peter. »Hier ist ein Paradies für Vögel. Ich geh' jetzt schlafen, und morgen ziehn wir los und untersuchen alles. Was werden wir hier nicht noch entdecken! Habt ihr auf unserer Fahrt die Berge gesehn? Und die Wälder? Da wird es Adler geben, Hirsche, Habichte.«

»Dachse«, meinte Lucy.

»Füchse«, rief Edmund.

»Kaninchen«, sagte Suse.

Doch als der nächste Morgen anbrach, fiel ein so dichter gleichmäßiger Regen, daß man hinter den Fenstern weder die Berge noch die Wälder, nicht einmal den Bach im Garten sehen konnte.

»Natürlich, dacht' ich's mir doch, daß es regnen würde!« sagte Edmund ärgerlich.

Sie hatten gerade mit dem Professor gefrühstückt und

waren oben in ihrem abseits gelegenen Zimmer. Es war ein langer Raum mit zwei Fenstern nach der einen und zwei nach der andern Seite.

»Hör auf zu maulen, Ed«, schalt Suse. »Ich wette zehn zu eins, in einer Stunde oder so wird es sich aufhellen. Bis dahin sind wir hier sehr gut aufgehoben. Es gibt eine Menge Bücher und ein Radio.«

»Das ist nichts für mich«, meinte Peter. »Ich sehe mich im Haus um.«

Dazu waren alle bereit, und so begannen die Abenteuer. Das Haus steckte voller Überraschungen. Es nahm anscheinend gar kein Ende. Die ersten Türen, die sie öffneten, führten in unbewohnte Schlafzimmer, und als wohlerzogene Kinder schlossen sie die Türen, ohne einzutreten. Doch bald kamen sie in einen Gemäldesaal; dort entdeckten sie sogar eine Anzahl Rüstungen, dahinter einen grünbehangenen Raum. In einer Ecke stand eine Harfe, dann führten drei Stufen abwärts und fünf Stufen aufwärts, nun kam ein Vorraum mit einer Tür auf einen Balkon und danach eine ganze Zimmerflucht. Ein Zimmer führte in das andere, die Wände waren voller Bücher; die meisten Bücher waren sehr alt und einige noch dicker als das Meßbuch in der Kirche. Gleich darauf schauten sie in ein vollständig leeres Zimmer. Es war bloß ein mächtig großer Wandschrank darin mit einem Spiegel an der Tür, und auf dem Fenstersims lagen ein paar tote Schmeißfliegen.

»Da ist nichts!« erklärte Peter. Sie trotteten wieder hinaus.

Nur Lucy blieb zurück. Was steckt wohl in dem Schrank, dachte sie, und obgleich sie sicher glaubte, daß der Schrank verschlossen sei, öffnete sich die Tür zu ihrer Überraschung ganz leicht, und zwei Mottenkugeln rollten heraus. Als sie hineinschaute, sah sie verschiedene Mäntel hängen, hauptsächlich lange Pelze. Nichts mochte Lucy lieber als Pelze, ihren Geruch und das weiche Fell zwischen den Fingern. Sie kroch flugs zwischen die Pelze und rieb ihr Gesicht dagegen. (Natürlich schnappte sie die Tür nicht ins Schloß, denn sie wußte genau, wie töricht es ist, sich in einen Kleiderschrank einzuschließen.) Bald kroch sie tiefer hinein und entdeckte dabei hinter der ersten Mantelreihe eine zweite. Es war beinahe ganz dunkel im Schrank, und um nicht mit der Nase an die Hinterwand zu stoßen, hielt sie die Arme vor sich ausgestreckt. Vorsichtig wagte sie erst einen, dann zwei, ja sogar drei Schritte, sie erwartete jeden Augenblick, mit ihren Fingerspitzen an die Wand zu tasten, aber die kam nicht und kam nicht.

Das muß ja ein geradezu riesenhafter Schrank sein, dachte Lucy. Sie ging noch tiefer und schob die weichen Mantelfalten zur Seite, um Platz zu schaffen. Da knirschte etwas unter ihren Füßen. Wohl noch mehr Mottenkugeln? dachte sie und beugte sich nieder, um sie aufzuheben. Aber sie faßte nicht das harte, glatte Holz des Bodens, sie griff etwas Weiches, Pulvriges und ganz Kaltes. Das ist doch recht sonderbar, überlegte sie und ging noch einige Schritte weiter.

Nun fühlte sie gar keinen weichen Pelz mehr an Gesicht und Händen, sondern etwas Hartes, Rauhes, sogar Stachliges. Was ist denn das? Sind das nicht Baumzweige? Da sah sie ein Licht vor sich. Die Rückwand des Schrankes sollte doch nur wenige Zentimeter von ihr entfernt sein und war weiß Gott wo! Etwas Kaltes und Weiches rieselte auf sie nieder, und gleich darauf stand sie mitten in einem Wald in stockdunkler Nacht. Unter ihren Füßen lag Schnee, und aus der Luft sanken Schneeflocken herab.

Lucy erschrak und fürchtete sich, war aber zugleich auch ein wenig neugierig. Sie schaute zurück und konnte zwischen den dunklen Baumstämmen noch die offene Schranktür, ja sogar ein Stück des unbewohnten Zimmers sehen, aus dem sie gekommen war. Dort hinten schien es noch lichter Tag. Ich kann immer zurück, wenn etwas schiefgeht, dachte Lucy. Sie lief weiter – knirsch ... knirsch ... über den Schnee und durch den Wald auf das andere Licht zu. Es dauerte eine Zeitlang, dann erreichte sie das Licht. Es war eine Straßenlaterne!

Sie blieb stehn und schaute sich um. Wieso brennt mitten im Wald eine Straßenlaterne? fragte sie sich. Da hörte sie plötzlich trappelnde Schritte und sah ein seltsames Wesen unter den Bäumen auf die Laterne zukommen.

Es war nur ein wenig größer als Lucy und hielt über seinem Kopf einen weißbeschneiten Schirm. Von der Mitte aufwärts hatte es die Gestalt eines Mannes, aber nach unten zu hatte es Ziegenbeine – das Fell daran war glänzend schwarz – und richtige Ziegenhufe statt der Füße. Es hatte auch einen Schwanz, den Lucy aber nicht gleich bemerkte, weil es ihn über den Arm, der den Regenschirm trug, geschlungen hatte, um ihn nicht durch den Schnee zu schleifen. Es hatte einen rotwollenen Schal um den Hals, und seine Haut war auch rötlich. Sie sah ein fremdartiges, doch nettes Gesicht mit einem kurzen Spitzbart und lockigem Haar. Aus dem Haar ragten zwei Hörner, auf jeder Seite eins. Die eine Hand hielt – wie ich schon berichtete – einen Regenschirm, die andere sorgfältig verschnürte Pakete. Mit diesen Paketen mitten in der Schneelandschaft sah es genauso aus, als hätte es Weihnachtseinkäufe besorgt. Es war ein Faun! Und als er Lucy erblickte, erschrak er derart, daß er alle seine Pakete zu Boden kollern ließ. »Um des Himmels willen!« rief der Faun aus.

Was Lucy dort fand

»Guten Abend«, sagte Lucy. Doch der Faun war so beschäftigt, seine Pakete aufzulesen, daß er zunächst nicht antwortete, und als er sie alle wieder beisammen hatte, machte er vor Lucy eine kleine Verbeugung.

»Guten Abend, guten Abend«, antwortete nun der Faun. »Entschuldigen Sie, ich will nicht aufdringlich sein, aber wenn ich nicht irre, sind Sie eine Evastochter.«

»Mein Name ist Lucy.« Sie verstand ihn nicht recht.

»Doch Sie sind ... entschuldigen Sie bitte ... was man so sagt ... ein Mädchen?«

»Selbstverständlich bin ich ein Mädchen.«

»Sie sind wirklich ein Mensch?«

»Natürlich bin ich ein Mensch«, entgegnete Lucy, immer noch ein wenig verwirrt.

»Gewiß, gewiß!« sagte der Faun. »Ach, wie dumm von mir! Aber ich habe noch nie einen Adamssohn oder eine Evastochter gesehn. Ich bin begeistert! Das ist ja geradezu ...«, doch dann stockte er, als hätte er schon zuviel gesagt, sich aber zur rechten Zeit noch besonnen. »Hocherfreut! Hocherfreut!« beteuerte er. »Gestatten Sie, daß ich mich Ihnen vorstelle. Mein Name ist Tumnus.«

»Sehr erfreut, Sie kennenzulernen, Herr Tumnus«, sagte Lucy.

»Und darf ich fragen, o Lucy, Evastochter, wie Sie nach Narnia kamen?«

»Narnia? Was ist das?« fragte Lucy.

»Hier ist das Land Narnia«, antwortete der Faun. »Da, wo wir stehn. Es liegt zwischen der Straßenlaterne und dem großen Schloß Feeneden, am Meer des Ostens. Sind Sie aus dem Westen gekommen, aus den wilden Wäldern?«

»Nein, aus dem Wandschrank im leeren Zimmer.«

»Ach«, seufzte Herr Tumnus etwas schwermütig. »Hätte ich nur als kleiner Faun besser in Geographie aufgepaßt, dann wüßte ich mehr über die fremden Länder. Nun ist es zu spät.«

»Aber das sind gar keine fremden Länder«, sagte Lucy, fast lachend. »Es ist gleich dahinten ... wenigstens glaube ich es ... Dort ist noch Sommer.«

»In Narnia ist, solange ich mich erinnere, immerzu Winter. Wir werden uns beide erkälten, wenn wir noch länger hier im Schnee herumstehn, o Evastochter aus dem fernen Land mit der strahlenden Stadt Wandschrank und dem ewigen Sommer! Darf ich Sie zu einer Tasse Tee bitten?«

»Vielen Dank, Herr Tumnus«, antwortete Lucy, »aber ich sollte jetzt lieber nach Hause.«

»Ach, es ist doch gerade nur um die Ecke«, bat der Faun, »und dort finden wir ein prasselndes Feuer ... und Toast ... und Sardinen ... und Kuchen.«

»Sehr liebenswürdig von Ihnen«, sagte Lucy. »Aber lange kann ich nicht bleiben.«

»Wollen Sie meinen Arm nehmen, Evastochter?« fragte Herr Tumnus. »Dann kann ich den Schirm besser über uns beide halten. Da ist der Weg.«

Und so ging Lucy Arm in Arm mit diesem wunderlichen Geschöpf durch den Wald, so selbstverständlich, als hätten sie einander ihr Leben lang gekannt.

Sie waren noch nicht weit, da kamen sie an eine Stelle, wo der Boden uneben wurde, überall waren Felsen, und sie stiegen kleine Hügel auf und ab. Am Ende eines schmalen Tales wandte sich Herr Tumnus plötzlich seitlich, als wolle er geradewegs in einen mächtigen Felsen hineinspazieren. Erst im letzten Augenblick sah Lucy, daß er sie zum Eingang einer Höhle führte. Sowie sie darinnen waren, erblickte sie den Schein eines Holzfeuers. Herr Tumnus beugte sich nieder, nahm ein glühendes Stück Holz mit einer Zange aus dem Feuer und zündete eine Lampe an. »Nun wollen wir es uns bequem machen«, sagte er, gleich darauf hängte er den Teekessel über das Feuer.

Lucy hatte nie zuvor einen reizenderen Ort gesehen. Es war eine kleine trockene, saubere Höhle aus rotem Stein, mit einem Teppich auf dem Boden und zwei kleinen Stühlen.

»Einer für mich, einer für einen Freund«, bemerkte Herr Tumnus.

Es gab einen Tisch und eine Anrichte und ein Kaminsims über dem Feuer. Darüber hing das Bild eines alten, graubärtigen Fauns. In einer Ecke war eine Tür, die wohl in den Schlafraum des Herrn Tumnus führte, und an einer Wand stand ein gefülltes Bücherbord. Lucy betrachtete die Bücher, während er den Teetisch deckte. Sie fand hier Titel wie ›Leben und Briefe des Silenus‹ – ›Der Lebenswandel der Nymphen‹ – ›Menschen, Mönche und Wildhüter‹. Auch eine ›Studie volkstümlicher Legenden‹ war dabei und ein Band ›Ist der Mensch nur ein Mythos?‹

»Evastochter, der Tee steht bereit.«

Ach, was war das für ein wundervoller Tee! Es gab für jeden ein reizendes bräunliches Ei, weich gekocht, Sardinen auf Toast, danach Toast mit Butter, Toast mit Honig und zuletzt eine Torte mit Zuckerguß. Und als Lucy reichlich satt war, begann der Faun wunderbare Waldgeschichten zu erzählen. Er erzählte vom Mitternachtstanz, von dem Leben der Nymphen in den Quellen und von den Waldnymphen in den Bäumen, die zum Tanz mit den Faunen herniederstiegen. Er erzählte von den Jagden nach dem schneeweißen Hirsch, der Wünsche gewährt, wenn man ihn aufspürt, von großen Festen und Schatzgräbereien tief unter dem Waldesboden, in Gruben und Höhlen, mit dem Volk der wilden roten Zwerge. Dann erzählte er vom

Sommer, wenn die Bäume grün sind und der alte Silen auf seinem plumpen Esel zu Besuch kommt. Ja, manchmal käme sogar Bacchus selbst, und dann flösse in den Bächen statt des Wassers Wein, und der ganze Wald verwandle sich für viele Wochen in Lustbarkeit.

»Das alles gibt es nicht mehr. Jetzt ist immerzu Winter«, schloß er verdrießlich. Und dann entnahm er einer Schachtel auf der Anrichte eine kleine sonderbare Flöte; sie sah aus wie aus Stroh geflochten. Und um sich aufzuheitern, begann er zu spielen. Aber während er spielte, bekam Lucy den Wunsch, zu lachen und zu weinen, zu tanzen und zu schlafen, alles zu gleicher Zeit. Stunden mußten verflossen sein, als sie sich wachrüttelte und sagte:

»Oh, Herr Tumnus, es tut mir leid, Sie zu unterbrechen. Ihr Spiel ist wunderschön, aber wirklich, ich muß nach Haus. Ich wollte ja nur wenige Minuten bleiben.«

Der Faun legte seine Flöte nieder und schüttelte bekümmert den Kopf. »Im Augenblick ist es nicht ratsam, sich hinauszubegeben.«

»Nicht ratsam?« fragte Lucy. Sie sprang auf und war recht erschrocken. »Was wollen Sie damit sagen? Ich muß sofort heim. Die andern werden sich wundern, wo ich geblieben bin.« Aber gleich darauf fragte sie: »Herr Tumnus, was haben Sie denn?« Die braunen Augen des Herrn Tumnus hatten sich mit Tränen gefüllt, schon tropften sie auf seine Wangen, liefen ihm über die Nase, und schließlich bedeckte er sein Gesicht mit beiden Händen und schluchzte.

»Herr Tumnus, Herr Tumnus«, rief Lucy bestürzt. »Nicht doch, nicht doch! Was fehlt Ihnen denn? Fühlen Sie sich nicht wohl? Lieber Herr Tumnus, so sagen Sie es mir doch. Ist Ihnen schlecht?« Aber der Faun schluchzte weiter, als wollte ihm das Herz brechen. Ja, sogar als Lucy ihn umarmte und ihm ihr Taschentuch reichte, hörte er nicht auf zu weinen. Er nahm das Tuch und benutzte es; sobald es zu naß war, wand er es aus, und Lucy stand schließlich fast in einer Pfütze.

»Herr Tumnus!« schrie sie ihm ins Ohr und schüttelte ihn. »Hören Sie doch auf! Hören Sie sofort auf! Ein großer erwachsener Faun wie Sie! Schämen Sie sich doch! Warum weinen Sie eigentlich so sehr?«

»Ach«, schluchzte er, »ich weine, weil ich ein so böser Faun bin.«

»Ich glaub' gar nicht, daß Sie ein böser Faun sind. Sie sind der netteste Faun, den ich jemals getroffen habe.«

»Wenn Sie alles wüßten, dann würden Sie das nicht sagen. Ich bin wirklich ein böser Faun. Ich glaube, seit Weltbeginn gab es keinen schlechtern.«

»Aber was haben Sie denn getan?«

»Mein alter Vater – dort über dem Kamin hängt sein Bild – hätte niemals derartiges getan.«

»Was denn?« fragte Lucy.

»Das, was ich tat.« Der Faun schluchzte weiter. »Diener der Weißen Hexe zu werden! Das bin ich nämlich. Ich stehe in ihrem Sold.«

»Die Weiße Hexe? Wer ist denn das?«

»Ei nun! Sie hat ganz Narnia unter ihrer Fuchtel. Sie macht immerzu Winter. Immerzu Winter und niemals Weihnachten! Stellen Sie sich das einmal vor!«

»Wie schrecklich«, sagte Lucy. »Aber wofür bezahlt sie Sie denn?«

»Das ist ja das Schlimmste von allem«, klagte Herr Tumnus mit einem Seufzer. »Ich bin ihr Werber, ihr Menschenfänger. Ja, das bin ich. Sehn Sie mich nur an, Evastochter. Würden Sie das für möglich halten? Ich gehörte zu der Sorte von Faunen, die arme, unschuldige Kinder, wenn sie ihnen im Walde begegnen, Kinder, die ihnen niemals etwas zuleide getan haben, freundlich in ihre

Höhle einladen, nur um sie einzulullen und dann der Weißen Zauberin auszuliefern.«

»Nein«, sagte Lucy, »so etwas könnten Sie nie tun.«

»Doch, ich tat es!« jammerte der Faun.

»Nun denn«, begann Lucy möglichst ruhig, sie wollte nicht zu schroff mit ihm sein, sondern ihn trösten, »das war wirklich schlecht, aber da es Ihnen so leid tut, werden Sie es nun bestimmt nicht wieder tun.«

»Ach, Evastochter, Sie verstehn mich gar nicht. Ich erzähle nicht nur so irgend etwas. Ich habe es nicht schon früher getan. Ich tue es eben jetzt.«

»Was soll das heißen?« schrie Lucy und erbleichte.

»Sie sind das Kind«, klagte Herr Tumnus. »Ich hatte Befehl von der Hexe, sollte ich jemals eine Evastochter oder einen Adamssohn im Walde antreffen, dann hätte ich sie zu fangen und ihr auszuliefern. Und wie ich Ihnen begegnete – Sie waren die erste, die ich jemals sah –, tat ich, als sei ich Ihr Freund, bat Sie zum Tee und wartete die ganze Zeit nur darauf, daß Sie einschliefen. Dann wollte ich zu ihr gehn, es ihr erzählen und Sie ihr ausliefern.«

»Aber das werden Sie doch nicht tun, Herr Tumnus! Nein, das tun Sie sicherlich nicht. Sie dürfen es nicht tun.«

»Wenn ich es nicht tue«, jammerte er und weinte aufs neue, »wird sie es bestimmt herausbekommen. Sie wird mir den Schwanz abschneiden und die Hörner absägen und meinen Bart ausrupfen, und sie wird ihren Zauberstab über meine schön gespaltenen Hufe schwingen und sie in scheußlich verklumpte Hornbatzen verzaubern, wie es die armen Pferde haben. Falls sie besonders wütend ist, wird sie mich versteinern, ich werde nur noch als eine Faunfigur neben den vier Thronen in ihrem schrecklichen Haus auf Feeneden stehn. Gott weiß, was alles geschehn kann und noch draus werden wird.«

»Es tut mir sehr leid, Herr Tumnus, aber bitte lassen Sie mich jetzt nach Hause.«

»Selbstverständlich sollen Sie nach Hause gehn. Auch ich halte es nun für das Beste. Ich sehe es ein. Bevor ich Sie traf, wußte ich nicht, wie Menschen sind. Seitdem ich Sie kenne, kann ich Sie nicht der Hexe ausliefern. Doch wir müssen sofort weg. Wenn Sie nur erst an der Laterne wären! Ich hoffe, von da aus werden Sie den Weg nach Wandschrank leicht finden.«

»Bestimmt finde ich ihn.«

»Wir müssen so rasch wie möglich fort«, drängte er. »Der ganze Wald wimmelt von Spionen. Sogar einige Bäume stehn auf ihrer Seite.«

Sie ließen das Teegeschirr auf dem Tisch. Herr Tumnus spannte seinen Regenschirm auf und reichte Lucy den Arm. Sie liefen hinaus in den Schnee; ach, wie anders war der Rückweg nun. Ohne ein Wort zu sprechen, stolperten sie so schnell wie möglich vorwärts. Herr Tumnus wählte die dunkelsten Pfade. Lucy war erleichtert, als sie die Laterne erreicht hatten.

»Finden Sie von hier aus Ihren Weg?« fragte er.

Lucy spähte durch die Bäume. In einiger Entfernung konnte sie gerade noch einen Schimmer erkennen, der wie Tageslicht aussah. »Ja«, rief sie. »Ich sehe die Schranktür.«

»Dann sputen Sie sich, so rasch Sie nur können. Und werden Sie mir jemals vergeben ... für das, was ich Ihnen antun wollte?«

»Natürlich vergebe ich Ihnen.« Lucy schüttelte ihm herzlich die Hand. »Ich hoffe nur, Sie kommen meinetwegen nicht in schreckliche Unannehmlichkeiten.«

»Leben Sie wohl«, sagte er, »darf ich das Taschentuch behalten?«

»Aber gewiß doch«, rief Lucy, und so schnell es nur ging und ihre kleinen Beine sie trugen, rannte sie auf das

Tageslicht zu; bald darauf streiften sie keine rauhen Zweige mehr, bloß Mäntel, und unter ihren Füßen spürte sie keinen Schnee, sondern Holzboden, und schon sprang sie mit einem Satz aus dem Wandschrank und stand in dem leeren Zimmer, wo das ganze Abenteuer begonnen hatte. Sie schlug die Schranktür fest hinter sich zu, schnappte nach Luft und schaute sich um. Es regnete noch, und sie hörte die Stimmen der andern draußen im Gang.

»Da bin ich wieder, da bin ich wieder!« schrie sie.

Edmund und der Wandschrank

Lucy rannte aus dem leeren Zimmer in den Flur hinaus und traf dort die drei anderen.

»Ich bin zurück!« rief sie. »Ich bin zurück!«

»Wovon redest du eigentlich, Lucy?« fragte Suse.

»Ja, habt ihr euch denn nicht gewundert, wo ich so lange geblieben bin?« fragte sie erstaunt.

»Du hattest dich versteckt«, meinte Peter. »Arme alte Lu, versteckt sich, und wir bemerken es gar nicht. Wenn du willst, daß wir dich vermissen, mußt du dich schon länger verstecken.«

»Aber ich bin ja viele Stunden lang fort gewesen«, versicherte Lucy.

Die andern starrten sie an.

Edmund tippte an seine Stirn. »Übergeschnappt, völlig übergeschnappt«, brummte er.

»Was meinst du eigentlich damit, Lu?« fragte Peter.

»Genau, was ich sagte. Ich bin gleich nach dem Frühstück in den Wandschrank und blieb viele Stunden lang fort, hab' Tee getrunken, und es hat sich sehr viel ereignet.«

»Sei doch nicht so albern, Lucy«, schalt Suse. »Wir sind eben erst aus dem Zimmer heraus, und da warst du noch mit uns zusammen.«

»Sie ist gar nicht so albern«, sagte Peter. »Sie erfindet bloß eine Geschichte, um sich wichtig zu machen. Gelt, Lucy, und warum auch nicht?«

»Nein, nein, Peter, nein! Es ist ein Zauberschrank. Im Innern ist ein Wald. Da schneit es, und ein Faun und eine Hexe sind dort. Das Land heißt Narnia. Komm mit und überzeuge dich davon.«

Die andern wußten nicht, was sie sagen sollten. Lucy war furchtbar aufgeregt, und so folgten sie ihr in das Zimmer.

Sie lief voraus und riß die Schranktür auf. »Da, geht hinein!« schrie sie. »Schaut selbst nach.«

»Aber, du Dummerchen«, sagte Suse, steckte ihren Kopf in den Schrank und zog die Pelzmäntel beiseite. »Es ist doch nur ein ganz gewöhnlicher Schrank. Da hinten ist die Wand.«

Einer nach dem andern schaute hinein und schob die Mäntel zur Seite. Lucy sah es nun auch. Sie fand keinen Wald und keinen Schnee, nur die Rückwand mit Kleiderhaken daran. Peter stieg hinein und polterte sogar mit den Fäusten an die Wand.

»Ein guter Spaß, Lucy«, sagte er lachend, als er wieder herauskam.

»Du hast uns schön angeführt, alle Achtung. Fast hätten wir dir geglaubt.«

»Aber es war doch gar kein Spaß«, versicherte Lucy. »Noch gerade eben war alles ganz anders. Ehrenwort!«

»Komm, Lu«, beruhigte sie Peter. »Das geht doch ein bißchen zu weit. Du hast deinen Spaß mit uns gehabt, und nun mach Schluß damit.«

Sie wurde über und über rot, versuchte etwas zu sagen,

konnte aber kein Wort herausbringen und brach in Tränen aus.

Einige Tage lang fühlte sie sich sehr unglücklich. Sie wäre mit den andern ganz gut ausgekommen, wenn sie selbst überzeugt gewesen wäre, daß sie alles nur zum Scherz erfunden hatte. Aber Lucy war überaus wahrheitsliebend und wußte genau, daß sie die Wahrheit gesagt hatte. Nun machte es sie sehr unglücklich, daß die andern glaubten, sie hätte ihnen etwas vorgelogen, und noch dazu albernes Zeug.

Die zwei ältesten dachten sich nicht viel dabei, doch Edmund konnte boshaft werden, und jetzt wurde er boshaft. Er verspottete und verhöhnte Lucy und fragte sie unablässig, ob sie in andern Schränken des Hauses neue Länder entdeckt habe. Dabei waren die Tage so herrlich. Das war das Schlimmste von allem. Das Wetter war prachtvoll, und sie lebten von früh bis spät im Freien, badeten, fischten, kletterten in den Bäumen und lagen in der Heide. Lucy jedoch hatte an nichts Freude, und das dauerte bis zum nächsten Regen.

Als an diesem Tag bis gegen Abend keine Aussicht auf besseres Wetter war, beschlossen die Kinder, Verstecken zu spielen. Suse sollte suchen, und sowie die andern verschwunden waren, huschte Lucy in das leere Zimmer. Sie wollte sich nicht im Wandschrank verstecken, dann würden die andern sie nur aufs neue mit der vertrackten Geschichte aufziehn. Sie wollte nur noch einmal hineinschauen, denn allmählich fragte sie sich selbst, ob Narnia und der Faun nicht doch bloß ein Traum gewesen seien. Das Haus war so weitläufig, so unübersichtlich und voll herrlicher Winkel, daß ihr noch genügend Zeit blieb, sich dann anderswo zu verbergen. Doch kaum war sie in dem leeren Zimmer, hörte sie auf dem Gang draußen Schritte, und so blieb ihr nichts anderes übrig, als mit einem Satz in den Wandschrank zu springen und die Tür hinter sich festzuhalten. (Sie ließ das Schloß nicht zuschnappen, denn – ich erwähnte es schon – sie war keineswegs so töricht, sich in einen Schrank einzuschließen, noch dazu in einen Zauberschrank.) Nun, die Schritte, die sich näherten, waren Edmunds Schritte. Er trat ins Zimmer und sah eben noch Lucy in den Wandschrank huschen. Er beschloß sofort, ihr nachzukriechen, nicht etwa weil das ein besonders gutes Versteck war, sondern weil er sie wieder mit dem Land ihrer Einbildung hänseln wollte. Er öffnete die Tür. Die Mäntel hingen wie gewöhnlich dort, in einem Geruch von Mottenzeug, in Finsternis und Stille. Kein Lebenszeichen von Lucy.

›Sie glaubt, ich bin die Suse und hinter ihr her‹, sagte sich Edmund, ›deshalb verhält sie sich so mucksmäuschenstill.‹ Er sprang in den Wandschrank und warf die Tür zu. Er überlegte nicht, wie töricht das ist. Dann tastete er in der Dunkelheit nach Lucy. Er hatte geglaubt, sie in wenigen Momenten zu erwischen, und war höchst erstaunt, daß er sie nirgends fand. Um Licht hereinzulassen, versuchte er, die Tür wieder zu öffnen, aber da war keine Tür. Das gefiel ihm gar nicht, und er begann nach allen Seiten wild um sich zu schlagen. Dann brüllte er sogar los:

»Lucy, Lu, wo bist du? Ich weiß, du steckst hier drin.«

Keine Antwort. Seine Stimme hatte einen merkwürdigen Klang, gar nicht wie in einem verschlossenen Schrank, sondern wie in der freien Luft draußen, zudem war es auffallend kalt, und plötzlich wurde es hell.

»Gott sei Dank«, sagte er. »Die Tür hat sich von selbst geöffnet.« Er vergaß Lucy und ging, als sei es die offene Tür, auf das Licht zu, aber statt in das unbewohnte Zimmer zu kommen, war er plötzlich mitten im Wald zwischen dichten, dunklen Tannen. Unter seinen Füßen knirschte trockener Schnee, und auf den Baumzweigen lag er weiß und schwer. Über ihm war ein blaßblauer Winterhimmel.

Zwischen den Baumstämmen stieg soeben die Sonne auf, rot und klar. Es war so still, als sei er das einzige lebende Wesen in dieser Gegend. In den Bäumen gab es weder ein Rotkehlchen noch ein Eichhörnchen. Der Wald dehnte sich, so weit die Blicke reichten, nach allen Seiten. Er fröstelte, und nun erinnerte er sich: hatte er nicht Lucy gesucht? Und sie schlecht behandelt? Jetzt sah er: das Land ihrer Einbildung war keine Einbildung.

Irgendwo in der Nähe mußte sie sein, er rief: »Lu! Ich bin hier, Edmund!«

Keine Antwort.

»Sie bockt, weil ich sie geneckt habe.« Obgleich es ihm auch jetzt noch nicht gefiel, einzugestehn, daß er unrecht gehabt hatte, war es ihm doch noch weniger lieb, so ganz allein in dieser seltsamen, kalten, stillen Landschaft zu sein, und so schrie er abermals: »Lu, es tut mir leid, daß ich dir nicht geglaubt habe. Jetzt sehe ich, du hattest recht. Komm doch, wir wollen uns wieder vertragen.«

Noch immer keine Antwort.

»Ganz wie ein Mädchen«, grollte Edmund. »Albern, wie sie nun einmal sind. Erst schmollen sie, und dann mögen sie keine Entschuldigung annehmen.« Er schaute sich wieder um. Immer weniger gefiel es ihm hier. Er beschloß, heimzugehn. Da hörte er von fern aus dem Walde Schellengeläut. Er lauschte. Der Ton kam näher, und schließlich sah er einen niedrigen Schlitten mit zwei Rentieren.

Die Rentiere glichen Ponys, und ihr Fell war so blendend weiß, daß sogar der Schnee daneben nicht mehr so weiß leuchtete. Ihre verzweigten Hörner waren vergoldet und flammten in der Sonne wie Feuer. Ihr Zaumzeug aus scharlachrotem Leder war mit Glöckchen behängt. Im Schlitten saß ein dicker Zwerg, der die Rentiere kutschierte. Wenn er sich aufgerichtet hätte, wäre er sicherlich nur drei Fuß hoch gewesen. Er war in einen weißen Bärenpelz gehüllt. Auf dem Kopf trug er eine rote Mütze, an der eine lange goldene Quaste hing. Ein riesiger Bart bedeckte seine Knie wie eine Decke.

Hinter ihm, in der Mitte des Schlittens, saß auf einem erhöhten Sitz eine andere Gestalt, eine vornehme Dame. Sie war größer als alle Frauen, die Edmund bisher gesehn hatte. Ebenso wie der Zwerg war auch sie bis zum Hals in weißen Pelz gehüllt, und in ihrer rechten Hand hielt sie einen langen, geraden, goldenen Stab. Auf dem Kopf trug sie eine goldene Krone. Ihr Gesicht war weiß, viel weißer als Schnee, Papier oder Puderzucker, im Gegensatz zu ihrem roten Mund. Ihr Gesicht war schön, jedoch stolz, kalt und streng. Es war ein herrlicher Anblick, wie der Schlitten mit seinem Geläut auf Edmund zuglitt. Der Zwerg knallte mit der Peitsche, und zu beiden Seiten sprühte der Schnee.

»Halt an!« rief die Dame. Der Zwerg bremste so jäh, daß die Rentiere sich fast auf den Boden niedersetzten. Dann richteten sie sich auf, knirschten mit den Zähnen und schnaubten. Aus ihren Nüstern dampfte der Atem wie Rauch in der frostklaren Luft.

»Und was ist Er, wenn ich fragen darf?« Die Dame sah Edmund scharf an.

»Ich bin . . . ich bin . . . ich heiße Edmund«, stammelte er sehr verlegen. Ihr Blick mißfiel ihm.

Die Dame runzelte die Stirn. »Redet man so zu einer Königin?« Sie sah ihn noch strenger an als zuvor.

»Majestät, ich bitte um Entschuldigung. Ich wußte nicht, daß Sie eine Königin sind.«

»Er kennt die Königin von Narnia nicht?« rief sie. »Ha! Er soll uns noch kennenlernen! Was ist Er?«

»Verzeihung, Majestät. Ich weiß nicht, was Sie meinen. Ich war vor einigen Tagen noch auf der Schule . . . jetzt . . . haben wir . . . Ferien.«

Türkischer Honig

»Aber was um alles in der Welt ist Er?« fragte die Königin wieder. »Ist Er ein übergroßer Zwerg, der sich den Bart abgeschnitten hat?«

»Nein, Majestät«, sagte Edmund. »Ich hatte nie einen Bart. Ich bin ein Junge.«

»Ein Junge!« rief sie. »Heißt das, daß Er ein Adamssohn ist?«

Edmund stand regungslos und antwortete nicht. Er war noch zu verwirrt und verstand die Frage nicht.

»Ich sehe, Er ist ein Idiot, was Er auch sonst sein mag«, sagte die Königin. »Ich verliere meine Geduld! Antworte Er mir endlich. Ist Er ein Mensch?«

»Ja, Majestät.«

»Und will Er mir sagen, wie Er in mein Reich kam?«

»Bitte sehr, Eure Majestät, durch einen Wandschrank.«

»Durch einen Wandschrank? Was meint Er damit?«

»Ich habe eine Tür geöffnet, und auf einmal war ich hier, Eure Majestät«, antwortete Edmund.

»Ha«, sprach die Königin mehr zu sich selbst. »Eine Tür, eine Tür aus der Menschenwelt. Davon hatte ich schon gehört. Das kann zum Verderben führen. Aber es ist nur einer allein, mit dem werde ich leicht fertig!« Nach diesen Worten richtete sie sich auf und schaute Edmund voll ins Gesicht. Ihre Augen blitzten, und im gleichen Augenblick schwang sie ihren Stab. Edmund spürte, daß sie im Begriff war, etwas Schreckliches zu tun, aber er war unfähig, sich von der Stelle zu rühren. Da... als er sich bereits verloren gab, änderte sie anscheinend ihren Entschluß. Mit einer ganz andern Stimme sagte sie: »Das arme Kind, wie verfroren es aussieht. Komm Er her, setze Er sich zu mir in den Schlitten. Ich werde meinen Mantel über Ihn ausbreiten, und wir wollen plaudern.«

Edmund gefiel das gar nicht, aber er wagte nicht, ungehorsam zu sein. Er stieg also in den Schlitten und setzte sich zu ihren Füßen. Sie umhüllte ihn mit einer Falte ihres Pelzmantels und packte ihn hübsch warm ein.

»Vielleicht möchte Er etwas Heißes trinken?«

»O ja, bitte, Eure Majestät«, sagte Edmund, denn seine Zähne klapperten. Da zog die Königin aus ihrem Gewand ein Fläschchen hervor, das blinkte wie Kupfer. Dann streckte sie den Arm aus und ließ einen Tropfen neben den Schlitten in den Schnee fallen. Edmund sah den Tropfen eine Sekunde lang wie einen Diamanten in der Luft glitzern. Sowie er den Schnee berührte, gab es einen zischenden Laut, und ein dampfender Becher, mit Juwelen geschmückt, stand im Schnee. Der Zwerg hob ihn sogleich auf und überreichte ihn Edmund mit einer Verbeugung und einem Lächeln. Es war kein sehr schönes Lächeln.

Als Edmund den heißen Trank schlürfte, wurde ihm schon viel wohler. Nie zuvor hatte er etwas derart Köstliches genossen. Es war sehr süß und sahnig, perlte und wärmte ihn bis zu den Zehen hinunter.

»Es ist unbefriedigend, Adamssohn, zu trinken, ohne zu essen«, sagte die Königin gleich darauf. »Was möchte Er am liebsten essen?«

»Türkischen Honig, bitte, Eure Majestät«, sagte Edmund.

Die Königin ließ einen andern Tropfen aus ihrer Flasche in den Schnee fallen, und sogleich erschien dort eine runde Schachtel, die mit einer grünseidenen Schleife gebunden war. Darin war bester türkischer Honig, gleich mehrere Pfund, und jedes Stückchen war bis zuletzt zart und süß. Edmund hatte nie so Leckeres geschmaust. Jetzt war er vollständig warm und fühlte sich sehr behaglich.

Während er aß, fragte ihn die Königin aus. Zuerst gab

sich Edmund Mühe, nicht mit vollem Mund zu reden. Er erinnerte sich noch daran, wie ungezogen das ist, aber bald vergaß er es und dachte an nichts anderes, als soviel türkischen Honig wie nur möglich in sich hineinzustopfen; doch je mehr er aß, um so gieriger verlangte er danach. Es kam ihm gar nicht in den Sinn zu überlegen, warum die Königin so neugierig war. Er mußte ihr erzählen, daß er noch einen Bruder und zwei Schwestern hatte, daß eine Schwester bereits in Narnia gewesen und hier einem Faun begegnet sei und daß kein anderer außer ihm selbst, seinem Bruder und seinen Schwestern das geringste von Narnia wüßte. Sie wollte gar nicht glauben, daß sie ihrer vier waren. Sie kam immer wieder darauf zurück.

»Seid ihr bestimmt vier?« fragte sie. »Ganz bestimmt vier? Zwei Adamssöhne und zwei Evastöchter? Ausgerechnet vier? Nicht mehr oder weniger?«

Den Mund voll von türkischem Honig, wiederholte er: »Aber ja doch, ich erzählte es Ihnen ja schon.« Und er vergaß sogar, sie mit »Eure Majestät« anzureden. Doch jetzt schien sie das gar nicht zu stören. Zuletzt war der türkische Honig aufgegessen, und Edmund sah enttäuscht in die leere Schachtel. Er hoffte, sie würde ihm noch mehr davon anbieten. Die Königin wußte natürlich genau, was er dachte; aber er ahnte nicht, daß es verzauberter türkischer Honig war und daß jeder, der einmal davon gekostet hatte, mehr und immer mehr haben wollte, ja so lange immer wieder danach begehrte, bis er starb.

Aber sie bot ihm nichts mehr an, sondern sagte: »Adamssohn, ich würde so gern Seinen Bruder und Seine zwei Schwestern sehn. Bring Er sie mir, damit ich sie kennenlerne.«

»Ich werde es versuchen«, meinte Edmund. Er guckte noch immer in die leere Büchse.

»Wenn Er wiederkommt und sie mitbringt, kann Er

soviel türkischen Honig haben, wie Er will. Aber jetzt nicht mehr. Der Zauber wirkt nur einmal. In meinem eigenen Haus ist es natürlich anders.«

»Warum gehn wir nicht schon jetzt zu Ihnen?« fragte Edmund.

Als er vorhin in den Schlitten gestiegen war, fürchtete er, sie würde mit ihm irgendwohin fahren, von wo aus er nicht mehr nach Hause fände. Aber jetzt hatte er alle Furcht verloren.

»Mein Haus ist herrlich«, erzählte die Königin. »Es wird Ihm sicher dort sehr gut gefallen. Da gibt es ganze Zimmer voll von türkischem Honig und viel anderes mehr. Aber was wichtiger ist, ich habe keine eigenen Kinder, ich wünschte mir schon lange einen netten Jungen, aus dem ich einen Prinzen machen könnte. Nach meinem Tod würde er König von Narnia werden. Sobald er Prinz ist, wird er eine goldene Krone tragen, und dann kann er jeden Tag so lange türkischen Honig essen, wie er mag. Er ist der gescheiteste und hübscheste Junge, dem ich jemals begegnet bin. Ich glaube, ich werde Ihn eines Tages zum Prinzen erklären ... an dem Tag, an dem Er mit den andern zu mir kommt.«

»Warum nicht schon jetzt?« fragte Edmund. Sein Gesicht war rot geworden, und mit seinem klebrigen Mund und seinen klebrigen Fingern sah er gar nicht mehr hübsch aus, was auch die Königin sagen mochte.

»Nein, wenn ich Ihn jetzt mit mir nähme, würde ich Seine Schwestern und Seinen Bruder nicht zu Gesicht bekommen. Zu gern machte ich die Bekanntschaft seiner liebwerten Verwandtschaft. Kein Zweifel, Er wird Prinz und später König. Aber Er braucht einen Hofstaat um sich, und so will ich Seinen Bruder zum Herzog ernennen und Seine Schwestern zu Herzoginnen.«

»Ach, mit denen ist nicht viel los«, sagte Edmund, »die kann ich auch später noch bringen.«

»Nein, wenn Er erst einmal in meinem Haus ist«, erklärte die Königin, »könnte Er alles vergessen. Er hätte so viel Vergnügungen, daß Er kein Verlangen mehr hätte, sie herbeizuholen. Nein, Er muß jetzt in sein eigenes Land zurück und eines Tages mit ihnen wiederkommen. Versteht Er das? Es würde Ihm schlecht bekommen, wenn Er sich ohne sie hier sehn ließe.«

»Aber ich weiß ja gar nicht mehr den Weg in mein eigenes Land.«

»Das ist keine Schwierigkeit«, sagte die Königin. »Sieht Er die Laterne dort?« Sie zeigte mit ihrem Stab. Edmund wandte sich um und erblickte die Straßenlaterne, unter der Lucy dem Faun begegnet war. »Dahinter führt der Weg geradeaus in die Menschenwelt. Nun sehe Er sich den andern Weg an.« Dabei drehte sie sich nach der entgegengesetzten Richtung. »Kann Er die beiden Hügel hinter den Bäumen erkennen?«

»Ich glaube, ja.«

»Nun, zwischen diesen Hügeln liegt mein Palast. Wenn Er das nächste Mal kommt, muß Er die Straßenlaterne suchen, die Blicke auf jene zwei Hügel richten und den Wald durchschreiten, bis Er mein Haus erreicht. Aber vergesse Er nicht, die andern mitzubringen. Käme Er ohne sie, dann würde es Ihm sehr übel ergehn.«

»Ich werde tun, was ich kann«, versprach Edmund.

»Im übrigen erwähne Er mich nicht. Wäre es nicht hübsch, es bliebe zwischen uns geheim? Was meint Er dazu? Überrasche Er die Geschwister damit! Bringe Er sie gerade nur bis zu den Hügeln. Ein gescheiter Junge wie Er wird das schon zustande bringen und eine Ausrede finden. Sobald Er an meinem Haus ist, sagt Er bloß ›Laßt uns einmal hineinschaun und nachsehn, wer da wohnt‹ oder so etwas Ähnliches. Ich glaube, so geht es am besten. Da Seine Schwester einen Faun kennengelernt hat, wird sie allerhand

häßliche Geschichten über mich gehört haben und sich fürchten, zu mir zu kommen. Was schwatzen Faune nicht alles zusammen, das kann Er sich denken. Und jetzt...«

»Ach, bitte, bitte«, rief Edmund, nachdem er aus dem Schlitten gestiegen war, »bitte, kann ich noch ein bißchen türkischen Honig für den Heimweg haben?«

»Nein, nein«, sagte die Königin lachend. »Da muß Er schon bis zum nächstenmal warten.« Noch während sie sprach, gab sie dem Zwerg ein Zeichen, loszufahren, aber als der Schlitten davonglitt, winkte die Königin und rief: »Das nächste Mal, das nächste Mal! Vergesse Er nicht und komme Er bald!«

Edmund starrte dem Schlitten nach, da hörte er seinen Namen rufen, er schaute sich um und sah Lucy von einer andern Seite des Waldes auf sich zukommen.

»O Edmund«, rief sie, »du hast also auch den Weg hierher gefunden. Ist es nicht wunderbar? Und nun...«

»Schon recht«, unterbrach sie Edmund. »Ich gebe alles zu, du hattest recht. Es ist ein Zauberschrank. Ich will Abbitte leisten, wenn dir daran liegt. Doch wo hast du so lange gesteckt? Überall habe ich dich gesucht.«

»Hätte ich gewußt, daß du auch hierherkommst, hätte ich auf dich gewartet«, entschuldigte sich Lucy. Wie überaus glücklich war sie, wie aufgeregt; sie bemerkte gar nicht, wie schnippisch Edmund redete, wie erhitzt sein Gesicht aussah und wie seltsam.

»Ich habe mit dem lieben Herrn Tumnus, dem Faun, gefrühstückt. Er ist wohlauf. Die Weiße Hexe hat ihm nichts zuleide getan. Sie hat wahrscheinlich gar nicht erfahren, daß er mich gehn ließ, und nun wird wohl alles gut werden.«

»Die Weiße Hexe?« fragte Edmund. »Wer ist das?«

»Eine schreckliche Person«, sagte Lucy. »Sie nennt sich die Königin von Narnia, hat aber kein Recht dazu. Sie ist gar keine Königin. Alle Faune, Wald- und Brunnennymphen, die Zwerge und die Tiere, alle Guten im Land hassen sie. Sie kann alles in Stein verwandeln und ihnen schreckliche Dinge antun. Durch ihre Zauberei ist in Narnia immerzu Winter, immerzu Winter und niemals Weihnachten! Sie fährt in einem Schlitten umher, den Rentiere ziehn. Sie hat einen Zauberstab in der Hand und eine Krone auf dem Kopf.«

Edmund fühlte sich schon unbehaglich genug, da er zuviel Süßes gegessen hatte, und als er nun hörte, daß die Dame, mit der er sich angefreundet hatte, eine gefährliche Hexe sei, wurde ihm noch unbehaglicher zumute. Doch dachte er noch an den türkischen Honig und begehrte nichts so sehr, als ihn wieder zu schlecken.

»Wer erzählte dir denn solchen Unsinn über die Weiße Hexe?« fragte er.

»Der Faun, der Herr Tumnus.«

»Man kann nicht alles glauben, was solche Faune reden.«

»Warum denn nicht?«

»Das weiß doch jeder. Frag, wen du willst. Aber es ist ein zweifelhaftes Vergnügen, hier im Schnee herumzulungern. Laß uns nach Hause gehn.«

»Ja, nach Hause«, stimmte ihm Lucy zu. »Ach, Edmund, ich bin so glücklich, daß du gekommen bist. Nun müssen auch die andern an Narnia glauben. Jetzt sind schon zwei von uns hier gewesen. Was wird das für einen Spaß geben!«

Doch Edmund dachte im stillen, daß es für ihn gar kein solcher Spaß sei; jetzt mußte er vor den andern zugeben, daß Lucy im Recht gewesen war. Er war fest überzeugt, die andern würden alle ganz auf seiten des Fauns und der Tiere stehn. Er aber war schon fast ganz auf seiten der Zauberin. Wie sollte er das Geheimnis bewahren, wenn die andern über Narnia sprachen?

Inzwischen waren sie ein großes Stück gelaufen, und plötzlich spürten sie Mäntel um sich statt der Zweige, und im nächsten Augenblick standen sie beide außerhalb des Wandschranks im leeren Zimmer. Edmund hatte zwar törichterweise die Schranktür ins Schloß geworfen, aber die andern hatten nach den beiden im Wandschrank gesucht und nicht gut zugeschlossen.

»Edmund«, rief Lucy, »wie siehst du aus? Ist dir schlecht?«

»Mir fehlt nichts«, brummte Edmund. Aber das war nicht wahr. Er fühlte sich recht elend.

»Komm«, bat Lucy. »Wir wollen die andern suchen. Was haben wir ihnen alles zu erzählen, und welch wunderbare Abenteuer erwarten uns, wenn wir erst einmal alle miteinander dort sind!«

Zurück aus Narnia

Die andern spielten noch immer Verstecken, so brauchten Lucy und Edmund einige Zeit, um sie zu finden, und als sie endlich alle beisammen waren – in dem Saal mit den Rüstungen –, sprudelte Lucy los.

»Peter, Suse, es ist alles wahr. Edmund hat es nun auch gesehn. Man kommt wirklich durch den Wandschrank in ein anderes Land. Wir beide trafen uns dort im Wald. Los, Edmund, erzähl es ihnen.«

»Was soll das heißen, Ed?« fragte Peter.

Und jetzt sind wir an der unangenehmsten Stelle unserer Geschichte. Bis zu diesem Augenblick hatte sich Edmund verdrießlich, elend und verärgert gefühlt, weil Lucy recht gehabt hatte; nun wußte er sich nicht mehr zu helfen, weil Peter ihn so plötzlich fragte, und so entschloß er sich zum denkbar Häßlichsten und Gemeinsten, nämlich Lucy im Stich zu lassen.

»So erzähl doch schon, Ed«, drängte Suse.

Edmund tat sehr überlegen, als sei er der viel Ältere – dabei war bloß ein Jahr Unterschied zwischen Lucy und ihm –, dann sagte er von oben herab: »Nun ja, Lucy und ich spielten zusammen. Wir taten so, als gäbe es wirklich ein Land im Wandschrank. Nur so zum Spaß natürlich. Es ist natürlich nichts da.«

Die arme Lucy warf ihm einen Blick zu und rannte aus dem Zimmer. Edmund, der jeden Augenblick unausstehlicher wurde, bildete sich ein, großen Erfolg zu haben, und fügte noch hinzu: »Da läuft sie wieder weg. Was hat sie denn nur? Man hat seine liebe Not mit so kleinen Gören, weil sie immer ...«

»Hör einmal«, rief Peter wütend, »mach jetzt Schluß damit! Du hast dich geradezu ekelhaft gegen Lucy benommen, schon von dem Augenblick an, wo sie den Unsinn mit dem Schrank aufbrachte. Nun spielst du auch noch so dummes Zeug mit ihr und setzt ihr den Blödsinn aufs neue in den Kopf. Ich glaube, du tust es aus lauter Bosheit.«

»Aber es ist ja doch alles Unsinn«, sagte Edmund bestürzt.

»Selbstverständlich ist es Unsinn«, bestätigte Peter. »Das ist es eben. Als wir von daheim abreisten, war Lucy völlig in Ordnung, aber seitdem wir hier sind, scheint sie entweder übergeschnappt zu sein, und es geht alles in ihrem Kopf durcheinander, oder sie hat sich in eine Lügnerin verwandelt. Nun, wie dem auch sei, was versprichst du dir davon: an einem Tag verhöhnst du sie und am nächsten ermutigst du sie noch.«

»Ich dachte, ich dachte ...«, stammelte Edmund.

»Du hast dir überhaupt nichts gedacht«, schalt Peter. »Es ist lediglich Gemeinheit. Du benimmst dich gegen

Jüngere immer ekelhaft. Das kennen wir von der Schule her.«

»Hört bitte auf«, bat Suse. »Streit zwischen uns macht die Sache nicht besser. Wir wollen uns um Lucy kümmern.«

Sie waren nicht überrascht, als sie Lucy in Tränen aufgelöst fanden. Was sie auch sagten, sie hielt an ihrer Geschichte fest und erklärte: »Mir ist es ganz gleich, was ihr denkt, und mir ist es auch gleich, was ihr sagt. Ihr könnt es dem Professor erzählen oder an Mutter nach Hause schreiben. Ihr könnt machen, was ihr wollt. Ich weiß, ich bin einem Faun begegnet, ach, ich wünschte, ich wäre in jenem Land geblieben! Ihr seid alle Ekel, Ekel seid ihr!«

Es war ein unerfreulicher Abend. Lucy war unglücklich, und Edmund sah ein, daß es mit seinem Plan nicht so ging, wie er erwartet hatte. Die zwei älteren Geschwister glaubten tatsächlich, Lucy sei nicht mehr richtig im Kopf. Sie standen im Flur und sprachen darüber, und noch lange nachdem Lucy zu Bett gegangen war, flüsterten und tuschelten sie miteinander.

Am nächsten Morgen beschlossen sie, dem Professor die ganze Geschichte zu erzählen. »Wenn er glaubt, daß mit Lucy irgend etwas nicht stimmt, wird er an Vater schreiben«, sagte Peter, »denn was verstehn wir schon davon!« Sie begaben sich also vor das Studierzimmer und klopften an die Tür.

Der Professor rief: »Herein«, erhob sich, holte Stühle für sie und sagte, er stünde ganz zu ihrer Verfügung. Dann setzte er sich, legte die Fingerspitzen aneinander, hörte ihnen zu und unterbrach sie nicht ein einziges Mal, bis sie die ganze Geschichte erzählt hatten. Danach schwieg er lange, räusperte sich und fragte endlich genau das, was sie am wenigsten erwartet hatten: »Warum soll die Geschichte eurer Schwester nicht wahr sein?«

»Ja, aber . . .« Suse stockte. Das Gesicht des alten Mannes war tiefernst. Sie nahm sich zusammen, und dann sagte sie: »Edmund erklärte doch, sie hätten nur so getan.«

»Eben darauf kommt es an. Das muß sorgfältig überlegt werden. Erlaubt mir die Frage, wem glaubt ihr mehr, eurem Bruder oder eurer Schwester? Wer von beiden hält sich genauer an die Wahrheit?«

»Ach, Herr Professor«, antwortete Peter, »das ist gerade das Komische dabei. Bis jetzt hätte ich immer gesagt: Lucy.«

»Und du, mein liebes Kind, was meinst du?« fragte der Professor und wandte sich an Suse.

»Ach! Eigentlich dasselbe wie Peter, aber das kann ja gar nicht wahr sein. Es gibt doch keinen Wald im Kleiderschrank und keinen Faun darin.«

»So, so«, sagte der Professor. »Da weißt du ja mehr als ich. Und einen Menschen der Lüge zu bezichtigen, der bisher immer die Wahrheit gesagt hat, ist eine sehr ernste Sache.«

»Darum befürchten wir auch, daß es keine Lügen sind«, sagte Suse, »vielleicht ist Lucy übergeschnappt.«

»Verrückt geworden?« fragte der Professor gelassen. »Macht euch keine Sorgen, man braucht Lucy nur anzusehn oder mit ihr zu sprechen und merkt sofort, daß sie es nicht ist.«

»Aber dann . . .«, rief Suse und stockte. Sie hatte sich nicht träumen lassen, daß ein Erwachsener so reden könnte, wie es der Professor jetzt tat, und wußte nun überhaupt nicht mehr, was sie denken sollte.

»Logik«, murmelte der Professor, so halb zu sich selbst. »Warum lernen sie auf der Schule keine Logik? Es gibt nur drei Möglichkeiten: entweder lügt eure Schwester, oder sie ist verrückt, oder sie berichtet die Wahrheit. Ihr wißt, sie lügt nie, sie ist offensichtlich auch nicht verrückt, also: ehe es sich nicht anders erweist, müssen wir annehmen, daß sie die Wahrheit sagt.«

Suse blickte ihn aufmerksam an. Sie konnte ganz deutlich sehn, daß er sie nicht zum besten hielt.

»Aber, Herr Professor«, rief Peter, »das kann doch nicht wahr sein!«

»Und warum nicht?« fragte der Professor.

»Aus einem ganz einfachen Grund«, erklärte Peter. »Wenn es die Wahrheit wäre, warum findet dann nicht jeder dieses Land im Wandschrank? Als ich hineinschaute, war nichts drin, selbst Lucy konnte es nicht mehr finden.«

»Was bedeutet das schon?« fragte der Professor.

»Nun, Herr Professor, was da ist, ist da und bleibt auch für immer da.«

»Stimmt das?« fragte der Professor. »Für immer?« Peter schwieg, denn er wußte nicht, was er darauf antworten sollte.

»Und außerdem«, rief Suse, »hatte sie gar keine Zeit! Lucy konnte nicht irgendwohin gehen, selbst wenn ein solches Land dagewesen wäre. Wir waren kaum aus dem Zimmer, da kam sie schon hinter uns hergerannt, keine Minute war vergangen, aber sie behauptete, viele Stunden lang fort gewesen zu sein.«

»Das macht die Geschichte gerade so glaubwürdig«, sagte der Professor. »Falls es nämlich in diesem Haus eine Tür gibt, die in eine andere Welt führt, und ich möchte auch darauf aufmerksam machen, daß es ein ganz ungewöhnliches Haus ist – sogar ich weiß nur wenig davon –, also nehmen wir einmal an, Lucy sei durch diese Tür gegangen, dann würde es mich gar nicht überraschen, wenn die andere Welt auch eine andere Zeit hätte, ihre eigene Zeit. Man kann so lange dort bleiben, wie man will, niemals wird es unsere Zeit sein. Jedenfalls glaube ich nicht, daß Mädchen ihres Alters derartige Dinge erfinden. Selbst wenn sie es sich nur ausgedacht hätte, würde sie sich hüten, es zu erzählen.«

»Ja, aber glauben Sie denn wirklich, Herr Professor«, fragte Peter, »andere Welten sind überall zu finden, und einfach nur so um die Ecke herum?«

»Nichts ist wahrscheinlicher«, antwortete der Professor. Er nahm seine Brille von der Nase und putzte sie sorgfältig. Dabei murmelte er: »Ich frage mich wirklich, was sie ihnen eigentlich auf den Schulen beibringen.«

»Aber was soll denn nun geschehn?« klagte Suse. Sie merkte, daß die Unterredung abschweifte.

»Mein liebes kleines Fräulein«, sagte der Professor und sah die beiden sehr eindringlich an, »es gibt etwas, woran niemand bisher gedacht hat und das einen Versuch lohnte.«

»Was denn?« fragte Suse.

»Jeder kümmere sich nur um das, was ihn selbst angeht.«

Damit war die Unterredung beendet.

Es wurde wirklich ein wenig besser für Lucy. Peter sorgte dafür, daß Edmund nicht länger seinen Spott mit ihr trieb, und alle, sogar Lucy, vermieden es, den Wandschrank zu erwähnen. Er war unheimlich geworden. Eine Weile sah es so aus, als hätten die Abenteuer ein Ende genommen. Das war aber nicht der Fall.

Das Haus des Professors, das sogar er nicht zur Genüge kannte, war so alt und berühmt, daß aus ganz England Leute herbeikamen, um es zu besichtigen. Es war in Reiseführern, ja sogar in Geschichtsbüchern beschrieben, und man hörte allerhand Gerüchte und sonderbare Geschichten im ganzen Land, noch sonderbarer als die Geschichte, die ich hier erzähle. Wenn solche Besucher kamen und um Erlaubnis baten, das Haus zu besichtigen, dann erteilte der Professor sie ihnen, und Frau Macready, die Wirtschafterin, übernahm die Führung. Sie erklärte ihnen die Gemälde, die Waffen und die seltenen Werke in der Bibliothek. Frau

Macready mochte Kinder nicht besonders, und sie wollte nicht gestört werden, wenn sie vor den Fremden ihr Wissen ausbreitete. Bereits am ersten Morgen hatte sie darum zu den Kindern unter andern Ermahnungen gesagt: »Und laßt euch ja nicht blicken, wenn ich Fremde durchs Haus führe.«

»Die tut gerade, als hätten wir unsern Spaß daran, einen halben Vormittag lang mit einem Haufen Erwachsener durchs Haus zu gondeln«, brummte Edmund, und seine Geschwister dachten genau wie er.

Und damit begannen die Abenteuer aufs neue.

Einige Tage später – an einem Vormittag –, eben als sich Peter und Edmund die Rüstungen anschauten und überlegten, ob sie sie ein bißchen anprobieren könnten, kamen die zwei Mädchen ins Zimmer gestürzt und riefen: »Achtung, dort kommt die Macready mit einer ganzen Horde hinter sich.«

»Haltet die Klappe!« rief Peter, und alle vier stürzten durch die Tür bis ans Ende des nächsten Zimmers. Doch als sie ins grüne Zimmer kamen und darüber hinaus in die Bibliothek, hörten sie plötzlich dicht vor sich Stimmen. Das mußte Frau Macready mit den Besuchern sein. Sie waren offenbar die Hintertreppe heraufgekommen. Ob die Kinder nun dadurch den Kopf verloren, ob Frau Macready sie zu verscheuchen suchte oder ob ein Zauber sich in dem Haus zu regen begann, der sie nach Narnia trieb – sie hatten die Empfindung, es verfolge sie jemand, so daß Suse schließlich flüsterte: »Zum Kuckuck mit dieser Plage! Laufen wir ins Wandschrankzimmer, bis sie vorüber sind, dorthin kommt keiner.« Doch sowie sie drinnen waren, hörten sie im Flur Stimmen, und dann fummelte jemand an der Tür, und sie sahen, wie sich die Klinke bewegte.

»Rasch«, stieß Peter hervor, »es kommt wer!«, riß die Schranktür auf, und alle vier krochen in den Schrank hinein. Da saßen sie, laut schnaufend, im Dunkeln. Peter hielt die Tür fest, ohne sie einschnappen zu lassen, denn er war ja nicht so töricht, sich in einem Schrank einzuschließen.

Hinein in die Wälder

»Wenn die Macready mit all ihren Leuten nur endlich weiterginge«, flüsterte Suse. »Mein Bein ist schon eingeschlafen.«

»Und dieser ekelhafte Kampfergeruch«, stöhnte Edmund.

»Sicherlich stecken alle Manteltaschen mit dem Mottenzeug voll«, klagte Suse.

»Mich sticht etwas im Rücken«, stellte Peter fest.

»Mir scheint, es wird plötzlich ganz kalt«, sagte Suse.

»Es scheint nicht nur so, es ist kalt«, versicherte Peter. »Und obendrein auch noch feucht. Was ist nur hier los? Ich sitze in etwas Nassem, und jede Minute wird es nässer.« Er sprang auf die Füße.

»Sehn wir, daß wir hinauskommen«, schlug Edmund vor. »Die sind längst weg.«

»O Gott!« schrie Suse plötzlich, und alle fragten, was in sie gefahren sei. »Ich lehne an einem Baum! Und seht nur, dort hinten wird es heller.«

»Heiliger Bimbam!« rief Peter. »Du hast recht. Und da, und da . . . und da, rundherum nichts als Bäume! Das Nasse um uns ist Schnee. Ei, ich glaube, wir sind in Lucys Wald geraten.«

Nun gab es keinen Zweifel mehr. Die vier Kinder blinzelten in die Helligkeit eines Wintertages. Hinter ihnen hingen Mäntel auf Kleiderhaken, und vor ihnen standen schneebedeckte Bäume.

Peter wandte sich sofort an Lucy. »Verzeih, daß ich dir nicht geglaubt habe. Es tut mir wirklich leid. Willst du mir die Hand geben?«

»Gern!« Sie gab ihm die Hand.

»Aber was machen wir nun?« fragte Suse.

»Was wir machen? Wir gehn natürlich los und schaun uns um.«

»Huhu.« Suse stampfte mit den Füßen. »Das ist aber hübsch kalt hier. Wollen wir nicht einige Mäntel mitnehmen?«

»Sie gehören uns nicht«, gab Peter zu bedenken.

»Keiner hätte etwas dagegen«, sagte Suse. »Wir tragen sie doch nicht aus dem Haus fort. Wir nehmen sie sogar nicht einmal aus dem Wandschrank.«

»Daran habe ich gar nicht gedacht, Su«, gab Peter lachend zur Antwort.

»So, wie du es darstellst, kann uns natürlich keiner vorwerfen, wir hätten sie gestohlen, solange wir sie in dem Wandschrank lassen, dort, wo wir sie gefunden haben. Und es scheint so, als ob das ganze Land im Wandschrank läge.«

Suses Vorschlag war vernünftig, und sie führten ihn augenblicklich aus. Die Mäntel waren reichlich groß für sie. Sie hingen ihnen bis an die Fersen und glichen mehr Krönungsgewändern als Mänteln. Aber sie waren herrlich warm, und die Kinder waren überzeugt, jeder von ihnen passe in dieser Aufmachung viel besser in die Landschaft.

»Jetzt könnten wir so tun, als seien wir Polarforscher«, schlug Lucy vor.

»Wir brauchen gar nicht so zu tun, es ist ohnedies aufregend genug«, sagte Peter und schritt entschlossen ihnen voraus in den Wald hinein. Über ihren Köpfen hingen schwere dunkle Wolken. Wahrscheinlich würde es vor Einbruch der Nacht noch weiterschneien.

Da schlug Edmund auf einmal vor: »Hallo, sollten wir uns nicht ein wenig weiter nach links halten, damit wir die Straßenlaterne nicht verfehlen?« Er hatte einen Augenblick lang vergessen, sich so zu verhalten, als sei er noch nie in diesem Wald gewesen. Kaum war das Wort seinem Mund entschlüpft, als er merkte, daß er sich verraten hatte. Sie blieben stehn und starrten ihn an.

Peter stieß einen Pfiff aus. »Also du warst doch schon hier! Damals, als Lucy erzählte, daß sie dir hier begegnet ist. Aber du nanntest sie eine Lügnerin.«

Tiefes Schweigen folgte.

»Pfui Teufel, was für eine Gemeinheit!« Peter zuckte die Achseln und sagte nichts mehr. Was sollte man auch mehr darüber sagen, und gleich darauf setzten alle vier ihren Weg fort.

›Das werde ich diesem hochmütigen, selbstgefälligen Pack noch heimzahlen‹, dachte Edmund heimlich bei sich.

»Wohin gehn wir eigentlich?« fragte Suse, nur um das Thema zu wechseln.

»Lu sollte den Führer machen«, rief Peter. »Sie hat es wirklich verdient. Willst du, Lu?«

»Wie wär's, wenn wir Herrn Tumnus besuchten?« fragte Lucy. »Das ist der reizende Faun, von dem ich erzählte.«

Sie waren damit einverstanden, marschierten flink weiter und stampften mit ihren Füßen durch den Schnee. Lucy erwies sich als gute Führerin. Zunächst war sie unsicher, ob sie den Weg noch fände, aber bald erkannte sie einen sonderbar aussehenden Baum wieder, an einer andern Stelle einen Baumstumpf, und so geleitete sie die andern bis dorthin, wo der Boden uneben wurde, in das kleine Tal hinein und zuletzt vor die richtige Tür, vor die Höhle des Herrn Tumnus. Aber hier erwartete sie eine schreckliche

Überraschung. Die Tür war aus den Angeln gerissen und ganz zerbrochen. Im Innern der Höhle war es dunkel und kalt. Es roch dumpfig und modrig, der Ort schien schon eine Zeitlang unbewohnt. Durch den Eingang war der Schnee hineingeweht. Er haftete am Boden, vermengt mit schwarzer Holzkohle und Aschenresten des toten Feuers. Irgend jemand hatte anscheinend alles absichtlich durch den Raum gezerrt und dann zerstampft. Das Geschirr lag zerschlagen am Boden, und das Bild vom Vater Faun war mit einem Messer in Stücke geschnitten.

»Das ist ja eine schöne Bescherung«, sagte Edmund. »Wozu sind wir eigentlich hergekommen?«

»Was ist dies hier?« Peter bückte sich. Er hatte einen Papierzettel entdeckt, der durch den Teppich hindurch an den Boden genagelt war.

»Steht etwas darauf geschrieben?« wollte Suse wissen.

»Es scheint so«, antwortete Peter, »doch in diesem Licht kann ich es nicht lesen. Gehn wir hinaus.«

Das taten sie und umringten Peter, während er die folgenden Worte vorlas:

Der ehemalige Bewohner dieses Grundstückes, der Faun Tumnus, befindet sich in Haft, in Erwartung eines Gerichtsverfahrens wegen Hochverrats, begangen gegen Ihre Kaiserliche Majestät Jadis, Königin von Narnia auf Feeneden, Herrscherin über die Einsamen Eilande usw.... Obendrein begünstigte er die Feinde Ihrer Majestät, beherbergte Spione und schloß mit Menschen Brüderschaft.

Gezeichnet: Maugrim
Hauptmann der Geheimpolizei
Lang lebe die Königin!

Die Kinder starrten einander an.

»Ich möchte lieber nach Hause. Ich mag nicht mehr hierbleiben«, sagte Suse.

»Wer ist diese Königin, Lu?« fragte Peter. »Weißt du etwas von ihr?«

»Soviel ich weiß, ist sie überhaupt keine richtige Königin«, antwortete Lucy. »Sie ist eine scheußliche Hexe. Alle Waldbewohner hassen sie. Sie hat das ganze Land verzaubert, so daß es immerzu Winter ist und niemals Weihnachten.«

»Gott weiß, was da alles noch passieren wird«, klagte Suse, »was wollen wir schon hier! Vielleicht wird's noch schlimmer. Jede Minute wird es kälter, und wir haben nichts zum Essen mitgenommen. Wir sollten lieber heimgehn.«

»Oh, das können wir doch nicht!« rief Lucy. »Seht ihr das nicht ein? Nach all dem können wir nun erst recht nicht heimgehn. Ich bin doch daran schuld, daß der arme Faun in solche Schwierigkeiten geraten ist. Er beschützte mich vor der Hexe. Er zeigte mir den Weg zurück. Das bedeutet ja: den Feinden der Königin beistehn und mit Menschen Brüderschaft schließen. Selbstverständlich müssen wir versuchen, ihn zu befreien.«

»Nichts werden wir versuchen!« schrie Edmund. »Hätten wir lieber etwas zu essen!«

»Du hältst den Mund!« befahl Peter, der auf Edmund noch sehr böse war. »Was meinst du, Suse?«

»Ich habe das schreckliche Gefühl, daß Lucy recht hat«, meinte Suse, »eigentlich möchte ich keinen Schritt weiter tun und wünschte, wir wären niemals hierhergekommen, aber ich glaube, wir müßten was unternehmen für diesen Herrn... wie war doch sein Name... ich meine, für den Faun.«

»Ich bin der gleichen Meinung«, sagte Peter. »Es beunruhigt mich aber, daß wir gar nichts zu essen haben. Ich würde vorschlagen, uns einiges aus der Speisekammer zu holen, nur ist es nicht sicher, ob wir wieder hierher zurückfinden, wenn wir einmal draußen sind. Deshalb bleibt uns wohl nichts übrig, als weiterzugehn.«

»Also gehn wir«, sagten tapfer die beiden Mädchen.

»Wenn wir nur wüßten, wo der arme Kerl sitzt?« sagte Peter. Sie schwiegen und sannen darüber nach, wie sie vorgehn sollten, da rief Lucy: »Seht das Rotkehlchen dort vor uns! Was für eine rote Brust es hat. Der erste Vogel hier! Ob die Vögel in Narnia wohl sprechen können? Es sieht fast so aus, als hätte es uns etwas zu sagen.« Sie wendete sich zum Rotkehlchen und fragte: »Bitte, kannst du uns sagen, wo sie den Faun Tumnus hingeschleppt haben?« Sie trat einen Schritt näher auf den Vogel zu, der flog auf einmal fort, aber nicht weiter als bis zum nächsten Baum. Dort setzte er sich nieder und betrachtete die Kinder sehr aufmerksam. Er schien alles zu verstehn, was sie redeten. Die zwei Mädchen, kaum sich dessen bewußt, traten einige Schritte näher. Da flog das Rotkehlchen wieder zum nächsten Baum und blickte sie abermals an. Nie hat man ein Rotkehlchen mit röterer Brust und glänzenderen Augen gesehn.

»Wißt ihr, was?« fragte Lucy. »Ich glaube tatsächlich, es will, daß wir ihm folgen.«

»Ich habe denselben Eindruck«, sagte Suse, »was denkst du, Peter?«

»Ganz meine Meinung, jedenfalls können wir es probieren«, antwortete Peter.

Das Rotkehlchen schien sie genau zu verstehn. Es flog weiter von Baum zu Baum, doch blieb es stets so nahe, daß sie ihm gut folgen konnten. So führte es sie hügelabwärts. Wo sich das Rotkehlchen niederließ, stäubte der Schnee von den Zweigen. Bald zerteilten sich die Wolken über ihren

Köpfen, die Wintersonne kam heraus, und der Schnee ringsum funkelte blendend weiß. Sie waren schon eine halbe Stunde lang unterwegs, die beiden Mädchen voraus, als Edmund zu Peter sagte: »Falls du dir nicht zu gut vorkommst, um mit mir zu reden, so hätte ich dir etwas zu sagen, was du anhören solltest.«

»Was ist es?« fragte Peter.

»Pst, nicht so laut«, warnte Edmund. »Es ist nicht nötig, die Mädchen zu erschrecken. Aber bist du dir klar, was wir tun?«

»Was denn?« fragte Peter. Er dämpfte seine Stimme zu einem Flüstern. »Wir folgen einem Führer, den wir nicht kennen. Woher wissen wir, auf welcher Seite der Vogel steht? Wenn er uns nun in eine Falle lockt?«

»Was für ein gräßlicher Gedanke... noch dazu ein Rotkehlchen! Du weißt doch, sie sind in allen Geschichten gute Vögel. Ein Rotkehlchen würde niemals auf der falschen Seite stehn.«

»Wenn es darauf ankommt, fragt es sich noch: welches ist die rechte Seite? Woher wissen wir, wer im Recht ist: der Faun oder die Königin? Ja, ich weiß, sie sagen, sie sei eine Hexe. Aber Genaues wissen wir nicht.«

»Der Faun hat Lucy gerettet.«

»Das erzählte er ihr. Woher wissen wir aber, ob es stimmt? Und außerdem gibt es noch etwas zu bedenken: Wer von uns kennt den Weg zurück?«

»Heiliger Bimbam!« murmelte Peter. »Daran habe ich ja gar nicht gedacht.«

»Und keine Aussicht auf ein Abendessen!« trumpfte Edmund auf.

Ein Tag bei den Bibern

Während die beiden Knaben noch hinter dem Rücken der Mädchen tuschelten, schrien diese plötzlich »Ach!« und blieben stehn.

»Das Rotkehlchen ist fortgeflogen.«

So war es auch. Es war einfach weg und verschwunden.

»Was sollen wir nun machen?« fragte Edmund und warf Peter einen Blick zu, der soviel hieß wie: »Na, was habe ich dir gesagt!«

»Pst, schaut doch!« rief Suse.

»Was denn?« fragte Peter.

»Unter den Bäumen bewegt sich etwas. Dort drüben links.«

Alle starrten, so aufmerksam sie konnten, nach links. Es war ihnen nicht sehr wohl zumute. »Da kommt es wieder«, flüsterte Suse.

»Nun sehe ich es auch«, wisperte Peter. »Gerade jetzt ist es hinter den dicken Baum gekrochen.«

»Was ist es denn?« fragte Lucy und gab sich große Mühe, ihre Aufregung zu verbergen.

»Was es auch sein mag«, meinte Peter, »es weicht uns aus und will nicht gesehn werden.«

»Laßt uns doch heimgehn«, bat Suse. Obgleich es keiner laut zu sagen wagte, begriff plötzlich jeder, was Edmund schon vorhin Peter zugeflüstert hatte: sie waren verloren!

»Was ist es denn eigentlich?« fragte Lucy zum zweitenmal.

»Irgendein Tier«, antwortete Suse, und gleich darauf rief sie: »Schnell, schnell, seht, dort ist es!«

Nun sahen es alle. Hinter den Bäumen schaute ein pelziges, bärtiges Gesicht hervor, und diesmal zog es sich nicht sofort wieder zurück. Statt dessen legte das Tier die

Pfote auf das Maul, wie Menschen den Finger auf den Mund legen, wenn sie einem einen Wink geben, leise zu sein. Dann verschwand es wieder. Die Kinder blieben stehn und hielten den Atem an. Im nächsten Augenblick kam der Unbekannte hinter dem Baum hervor, blickte scheu um sich, als befürchte er Lauscher, raunte: »Pst!« und machte ihnen Zeichen, ihm in den dichteren Wald zu folgen. Dann verschwand er aufs neue.

»Ich weiß, was das ist«, erklärte Peter, »das ist ein Biber. Ich habe seinen Schwanz gesehn.«

»Wir sollen zu ihm kommen«, sagte Suse. »Aber er warnt uns, kein Geräusch zu machen.«

»Das glaube ich auch. Sollen wir ihm folgen oder nicht?« fragte Peter. »Was denkst du, Lucy?«

»Es ist ein netter Biber«, meinte sie.

»Woher wissen wir das?« fragte Edmund.

»Wir müssen es wohl wagen«, schlug Suse vor. »Es hat keinen Sinn, hier länger rumzustehn. Auch hab' ich Hunger.«

Da streckte der Biber aufs neue seinen dicken Kopf hinter den Bäumen hervor und winkte ihnen eifrig mit der Pfote.

»Los!« rief Peter. »Wir versuchen es und lassen es darauf ankommen. Wir werden dicht zusammenbleiben, dann können wir den Kampf mit einem Biber aufnehmen, falls er sich als Feind entpuppt.«

So gingen die Kinder dicht aneinandergedrängt zum Baum und fanden dahinter wirklich den Biber. Er zog sie weiter ins Dickicht hinein und raunte ihnen heiser zu: »Kommt weiter, weiter, bis hierher! Draußen sind wir nicht sicher.«

Erst als er sie an eine dunkle Stelle geführt hatte, an der vier Bäume so dicht beisammenstanden, daß sich die Äste berührten und sie unter ihren Füßen die schneefreie braune Erde voll Tannennadeln sehn konnten, sprach er mit ihnen. »Seid ihr Adamssöhne und Evastöchter?« fragte er.

»Ja«, sagte Peter, »das sind wir!«

»Pst«, raunte der Biber. »Ach bitte, nicht so laut! Sogar hier sind wir nicht sicher.«

»Wieso? Wovor fürchten Sie sich denn?« fragte Peter mit gedämpfter Stimme. »Außer uns ist doch keiner hier.«

»Die Bäume! Sie hören zu! Die meisten sind auf unserer Seite, aber es gibt Bäume, die uns an *sie* verraten. Ihr wißt, wen ich meine.«

»Wenn wir schon von Seiten sprechen«, sagte Edmund, »woher können wir denn wissen, daß Sie unser Freund sind?«

»Verstehn Sie Edmund nicht falsch, Herr Biber«, fiel Peter ein. »Aber wir sind hier fremd.«

»Schon gut, schon gut«, raunte der Biber. »Hier ist mein Erkennungszeichen.«

Mit diesen Worten hielt er ihnen ein kleines weißes Tüchlein entgegen. Sie betrachteten es überrascht, bis Lucy plötzlich ausrief: »Aber das ist ja mein Taschentuch! Ich gab es dem armen Herrn Tumnus.«

»Jaja«, sagte der Biber. »Armer Bursche. Er bekam Wind von der bevorstehenden Verhaftung und übergab mir das. Er trug mir auf, falls ihm etwas zustieße, sollte ich versuchen, euch hier zu treffen, euch das zu übergeben und euch nach ...«

Hier verstummte der Biber. Er machte nur ein oder zwei geheimnisvolle Zeichen, dann bedeutete er den Kindern, näher zu kommen, bis sie einen so dichten Kreis um ihn bildeten, daß seine Schnauzhaare ihre Gesichter kitzelten.

»Sie sagen, Aslan sei unterwegs. Vielleicht ist er schon gelandet.«

Und da geschah etwas Sonderbares. Keines der Kinder wußte mehr als du oder ich von Aslan, aber sobald der Biber

die Worte ausgesprochen hatte, überkam jedes von ihnen eine eigene Empfindung. Vielleicht ist es dir schon einmal im Traum widerfahren, daß jemand dir etwas sagt, was du gar nicht verstehst. Im Traum ist es von ungeheurer Bedeutung, entweder so schrecklich, daß der ganze Traum zu einem Alpdruck wird, oder zu lieblich, um dafür Worte zu finden, so herrlich, daß es den Traum wundervoll macht und du dich dein Leben lang daran erinnerst und dich immer wieder nach ihm zurücksehnst. So ähnlich war es jetzt. Bei dem Namen Aslan fühlte jedes Kind eine andere Erregung in sich aufsteigen: Edmund einen ungeheuren geheimnisvollen Schrecken; Peter plötzlichen Mut und Abenteuerlust; Suse einen köstlichen Duft in der Luft, während herrliche Klänge sie überfluteten; Lucy aber war es wie an einem Sommermorgen, wenn die großen Ferien beginnen.

»Und was ist mit Herrn Tumnus?« fragte Lucy. »Wo ist er?«

»Pst«, machte der Biber. »Nicht hier! Ich werde euch an einen Ort bringen, wo wir in Ruhe sprechen und auch essen können.«

Keiner hatte nun noch irgendwelche Bedenken, dem Biber zu folgen, und selbst Edmund war bei dem Wort »essen« wie erlöst. So wanderten sie hinter ihrem neuen Freund her. Er führte sie mit erstaunlicher Geschwindigkeit über eine Stunde lang durch das tiefste Dickicht des Waldes.

Alle fühlten sich müde und sehr hungrig, als es endlich steil bergab ging und die Bäume vor ihnen spärlicher wurden. Die Sonne schien noch, und sie hatten eine wunderbare Aussicht, denn sie standen am Rande einer steil abfallenden, schmalen Schlucht. Unter ihnen lag ein breiter Fluß, der jedoch zur Zeit gefroren war. Über diesen Fluß war ein Damm gebaut, und nun erinnerten sie sich, daß Biber immer Dämme bauen. Sicherlich hatte ihn der Herr Biber selbst gebaut. Er sah auch sehr befriedigt aus, genauso wie Menschen aussehen, wenn man ihre selbstangelegten Gärten besichtigt. Aus purer Höflichkeit sagte Suse: »Ein herrlicher Damm!« Und diesmal machte der Herr Biber nicht »Pst!«, sondern meinte: »Ach, nur eine Kleinigkeit, eine Lappalie! Er ist ja noch nicht einmal richtig fertig.«

Oberhalb des Dammes war ein tiefes Loch, ein Tümpel, der allerdings jetzt ebenfalls mit grünem Eis bedeckt war, und unterhalb des Dammes in der Tiefe war noch mehr Eis, das aber war nicht glatt gefroren, sondern wellenartig, wie es das Wasser gewesen war, als der Frost plötzlich eingesetzt hatte. Wo vor dem Frost das Wasser über die Ufer geschäumt war, sahen sie einen glitzernden Kranz von Eiszapfen, als sei der Damm über und über mit Blumen bedeckt, mit Kränzen und Girlanden aus klarem Zucker. Oben auf dem Damm stand in der Mitte ein drolliges, kleines Haus. Es glich mehr einem riesigen Bienenkorb. Durch ein Loch im Dach stieg Rauch. Jeder, zumal wenn er hungrig war, wußte gleich: da wird gekocht, und fühlte sich noch hungriger als zuvor.

Peter, Suse und Lucy sahn eigentlich nur das, doch Edmund beobachtete noch etwas anderes. Am untern Lauf des Flusses kam aus einem kleinen Seitental ein anderer, schmälerer Fluß, der in ihn mündete. Edmund warf einen Blick auf dieses Tal und konnte sogleich die zwei Hügel erkennen. Das waren wohl jene beiden Hügel, von denen die Zauberin gesprochen hatte, als er sich neulich am Laternenpfahl von ihr verabschiedete. Zwischen diesen Hügeln also, nur einige hundert Meter von hier entfernt, mußte, so nahm er an, ihr Schloß liegen. Er dachte wieder an den türkischen Honig und erinnerte sich, daß er König werden sollte. Ich bin begierig, was Peter dazu sagen würde, fuhr es ihm durch den Sinn, und abscheuliche Gedanken stiegen in ihm auf.

»Da sind wir«, sagte der Biber. »Es sieht mir ganz so aus, als erwarte uns die Frau Biberin. Ich werde vorausgehn. Aber gebt acht, daß ihr mir nicht ausrutscht.«

Der Damm war wohl breit genug zum Gehn, aber nicht gerade ein schöner Spazierweg für Menschen; er war vereist, zudem war der Tümpel nur auf einer Seite gleich hoch wie der Damm, auf der andern Seite stürzte er jäh zum tiefergelegenen Fluß ab. Der Biber führte sie einzeln im Gänsemarsch. Vom Damm aus sahen sie weit stromaufwärts und stromabwärts, und als sie die Mitte erreicht hatten, standen sie an der Haustür.

»Wir sind da, liebe Frau«, sagte der Biber. »Ich habe sie gefunden. Hier sind die Söhne und Töchter Adams.«

Sie traten gemeinsam ein. Lucy hörte beim Hereintreten ein Surren und erblickte eine alte, freundlich aussehende Biberin. Sie saß in einer Ecke vor einer surrenden Nähmaschine, hielt einen Zwirnsfaden zwischen den Zähnen und nähte. Sie unterbrach gleich ihre Arbeit und erhob sich.

»Da seid ihr endlich!« rief sie und streckte ihnen ihre beiden runzligen Pfoten entgegen. »Ach, daß ich diesen Tag erleben darf! Die Kartoffeln kochen schon, der Teekessel summt, und du, lieber Mann, solltest uns etwas Fisch holen.«

»Das wird sofort geschehn«, sagte der Biber. Peter durfte ihn begleiten. Die beiden nahmen einen Eimer und gingen nochmals über das Eis bis zum Tümpel; dort war ein kleines Loch im Eis, Herr Biber schlug es täglich mit seiner Hacke wieder auf, und er setzte sich an den Rand der Öffnung. Es war ihm nicht zu kühl dabei. Er schaute angestrengt in das Loch, dann steckte er plötzlich seine Pfote hinein, und bevor man »schwupp dich, wupp dich« sagen konnte, zog er eine schöne Forelle heraus. Das wiederholte er so oft, bis er einen ordentlichen Fang beisammenhatte.

Unterdessen halfen die Mädchen der Biberin den Kessel

füllen, den Tisch decken und das Brot schneiden. Sie wärmten die Teller im Ofen an und füllten aus einem Faß, das in der Ecke stand, einen großen Krug Bier für Herrn Biber. Dann setzten sie die Bratpfanne auf, um das Fett zu erhitzen.

Lucy fand das Biberhaus sehr schmuck und fein, wiewohl es nicht der Höhle von Herrn Tumnus glich. Hier gab es weder Bücher noch Bilder. Statt Betten liefen Bänke wie Holzpritschen an den Wänden entlang. Von der Decke hingen Schinken und Zwiebeln in Bündeln herab, und an den Wänden lehnten Wasserstiefel, Ölmäntel und Spitzhacken, Baumscheren, Spaten, Maurerkellen, Zementkisten, Fischereizeug und Netze. Das Tischtuch war zwar sehr sauber, aber ziemlich derb.

Als es in der Bratpfanne zu brutzeln begann, kamen der Biber und Peter mit den Fischen zurück. Der Biber hatte sie schon mit seinem Messer geöffnet und vor dem Haus geputzt. Man kann sich vorstellen, wie gut die Fische rochen und wie sehr die hungrigen Kinder darauf warteten, daß sie gar wurden, und ihr Hunger stieg und stieg, bis die Biberin endlich sagte: »Jetzt sind wir fast soweit.«

Suse goß das Kartoffelwasser ab und stellte den Topf auf den Herdrand, damit sie an der Seite noch ein wenig ausdampften, während Lucy der Frau Biberin die Forellen auftragen half. In wenigen Minuten saß jedes an seinem Platz. Es gab nur dreibeinige Holzschemel im Biberhaus. Lediglich für die Frau Biberin stand ihr eigener Schaukelstuhl behaglich vor dem Feuer. Die Kinder bekamen einen Krug voll schäumender Milch. Herr Biber hielt sich ans Bier. Auf der Mitte des Tisches leuchtete ein Klumpen goldgelber Butter. Davon durfte sich jeder, soviel er wollte, zu den Kartoffeln nehmen. Und alle Kinder fanden – ich bin übrigens ganz ihrer Meinung –, es gibt gar nichts Besseres als frisch gefangene Fische, die eben aus der Pfanne kommen.

Nachdem sie die Fische verspeist hatten, brachte Frau Biberin als Überraschung aus dem Ofen eine riesige, wunderbar süße Konfitüre-Roulade, die vor Hitze noch dampfte. Gleichzeitig kochte das Teewasser im Kessel. Der Tee wurde aufgegossen, und nachdem jeder seine Tasse Tee hatte, schoben sie ihre Schemel so weit wie möglich an die Wand, um sich anlehnen zu können, und seufzten befriedigt und glücklich.

»Jetzt«, begann der Biber, schob den leeren Bierkrug beiseite und zog die Teetasse heran, »wartet noch, bis ich meine Pfeife angezündet habe, dann wollen wir unsere Angelegenheiten besprechen. – Es schneit wieder«, stellte er mit einem Blick durchs Fenster fest. »So werden wir wenigstens keinen Besuch bekommen, und sollte uns jemand gefolgt sein, findet er unsere Spuren nicht.«

Was sich nach dem Essen ereignete

»Und nun, bitte, erzählen Sie uns, was mit Herrn Tumnus geschah«, bat Lucy.

»Oh, das ist schlimm«, sagte der Herr Biber und schüttelte besorgt seinen Kopf, »das ist eine sehr, sehr böse Sache. Er ist zweifellos von der Polizei verhaftet worden. Ich hörte es von einem Vogel, der zusah.«

»Aber wohin haben sie ihn gebracht?« fragte Lucy weiter.

»Sie brachten ihn nach Norden, und alle wissen, was das bedeutet.«

»Aber wir wissen es nicht«, wandte Suse ein. Der Biber bewegte seinen Kopf noch sorgenvoller.

»Ich fürchte, sie brachten ihn in ihr Haus.«

»Aber was werden sie dort mit ihm machen, Herr Biber?« Lucy stockte der Atem.

»Ja«, antwortete er, »das kann ich nicht genau sagen. Wer einmal drin ist, kommt eben meist nicht wieder heraus. Sie ...«, er hielt inne und schauderte, »versteinert die Leute. Alle werden Steinfiguren. Das ganze Haus soll überfüllt sein mit ihnen, im Hof, auf den Treppen, in der Halle, überall stehn sie, alle versteinert.«

»Aber, Herr Biber«, jammerte Lucy, »könnten wir, sollten wir, müßten wir denn nicht etwas tun, um ihn zu retten? Das ist ja zu schrecklich, und noch dazu durch meine Schuld.«

»Sicherlich würdest du ihn retten, wenn du könntest, Liebes«, sagte die Frau Biberin. »Aber du hast gar keine Möglichkeit, gegen ihren Willen in das Haus und jemals lebend wieder herauszukommen.«

»Man könnte einen Plan aushecken«, schlug Peter vor. »Wir könnten uns verkleiden und als Hausierer auftreten oder so etwas Ähnliches oder aufpassen, bis sie einmal ausgeht. Zum Kuckuck noch mal, es muß sich doch ein Weg finden lassen. Dieser Faun hat meine Schwester auf eigene Gefahr gerettet, Herr Biber! Wir dürfen ihn nicht im Stich lassen, bis er ... bis sie ihm das antut.«

»Es hat keinen Sinn, Adamssohn, keinen Sinn, daß du es unternimmst. Denn jetzt, wo Aslan unterwegs ist ...«

»O ja, erzählen Sie uns etwas über Aslan!« riefen sogleich mehrere Stimmen, und wieder überkam sie dieses wunderliche Gefühl von Frühling, von froher Botschaft.

»Wer ist Aslan?« fragte Suse.

»Aslan?« antwortete Herr Biber. »Das wißt ihr nicht? Er ist der König, er ist Herr über die Wälder, aber er ist nicht oft hier. Weder in meines Vaters Zeiten noch solange ich lebe war er hier. Aber wir haben gehört, daß er nun kommen wird, und er soll schon zurückgekehrt sein. Er wird mit der Weißen Hexe abrechnen. *Er* wird Tumnus retten, nicht ihr, liebe Kinder.«

»Wird sie ihn nicht auch in Stein verwandeln?« fragte Edmund.

»Mein Gott, Adamssohn, wie kannst du so etwas sagen?« antwortete der Biber mit lautem Gelächter. »*Ihn* in Stein verwandeln! Wenn sie in ihrer ganzen Größe vor ihm stehn und ihm ins Gesicht blicken kann, ist es das Äußerste, was ihr gelingt, mehr kann sie sicher nicht. Nein, nein, es wird alles recht werden, so, wie es in einem alten Spruch heißt:

Das Krumme wird gerad, sobald Aslan naht!
Beim Klang seiner Stimme verweht alles Schlimme.
Entblößt er die Zähne und schüttelt die Mähne,
wird Winter vergehn und Frühling erstehn.

Das begreift ihr erst, wenn ihr ihn seht.«

»Aber werden wir ihn denn sehn?« fragte Suse.

»Ja, Evastochter, darum habe ich euch hierhergebracht. Ich soll euch zu ihm führen«, sagte der Biber.

»Ist ... ist er ... ein Mensch?« fragte Lucy.

»Aslan ein Mensch?« sagte der Biber empört. »Keine Rede davon! Ich habe euch doch gesagt, daß er der König der Wälder ist und der Sohn des Großen Königs jenseits der Meere. Wißt ihr denn nicht, wer der König der Tiere ist? Aslan ist ein Löwe, *der Löwe*, der große Leu.«

»Oh«, rief Suse. »Ich dachte, er sei ein Mensch. Ist man dann auch sicher vor ihm? Vor einem Löwen habe ich Angst.«

»Das macht nichts, mein Kind, du sollst auch Angst haben«, sagte die Biberin. »Wenn jemand vor Aslan erscheint, ohne daß ihm die Knie zittern, dann ist er entweder unerhört mutig oder bloß ein Narr.«

»Dann ist man also doch nicht sicher vor ihm?« meinte Lucy.

»Sicher?« wiederholte Herr Biber. »Ja, hast du denn nicht gehört, was meine Frau sagte? Wer hat denn von sicher geredet? Natürlich, man ist nicht sicher vor ihm, aber er ist gut, und er ist der König.«

»Ich möchte ihn sehn«, erklärte Peter, »auch wenn ich mich noch so sehr vor ihm fürchte.«

»Ausgezeichnet, Adamssohn!« rief der Biber und schlug seine Pfote so kraftvoll auf den Tisch, daß die Tassen und Schüsseln klirrten. »Du sollst dich davor fürchten. Botschaft ist schon gekommen, morgen hast du ihm, wenn irgend möglich, am Steintisch zu begegnen.«

»Wo ist das?« fragte Lucy.

»Ich zeige es euch«, antwortete der Biber. »Unten am Fluß, ziemlich weit zu laufen. Ich bringe euch hin.«

»Und was wird indessen aus dem armen Herrn Tumnus?« fragte Lucy.

»Am schnellsten helfen wir ihm, wenn wir Aslan aufsuchen«, sagte der Biber. »Erst wenn er mit uns ist, können wir überhaupt etwas tun. Allerdings brauchen wir auch euch dazu, denn es gibt einen andern Spruch:

Sitzt einst auf Feenedens Thron
von Fleisch und Blut ein Adamssohn,
vorbei ist's mit der Teufelsbrut,
und alle Übel werden gut!

Da er und ihr alle gekommen seid, geht es einem guten Ende entgegen. Von Aslans Erscheinen in diesen Landen hatten wir schon gehört, lange vorher, keiner kann sagen, wann, aber nie vormals war einer der euern hier.«

»Da gibt es noch etwas, Herr Biber, was ich nicht verstehe«, sagte Peter. »Ist denn die Hexe selber kein Mensch?«

»Sie möchte, daß wir es glauben und daß sie deshalb ein Recht hat, unsere Königin zu sein. Nein, sie ist keine Evastochter. Sie stammt zwar von eurem Vater Adam« – hier verbeugte sich der Biber –, »und zwar von der ersten Frau eures Adamvaters, Lilith hieß sie, und die war eine Dämonin und stammte einerseits von Geistern ab und anderseits von Riesen. Nein, nein, nicht ein Tropfen reines Menschenblut fließt in den Adern der Zauberin.«

»So ist sie also darum so durch und durch böse, mein lieber Biber?« sagte seine Frau.

»Sehr richtig«, erwiderte er. »Man kann zweierlei Meinung über menschliche Wesen haben – ich will dabei keinem der Anwesenden zu nahe treten, aber Wesen, die wie Menschen aussehn und keine sind, über solche Geschöpfe gibt es nur eine Meinung.«

»Ich habe aber gute Zwerge gekannt«, gab Frau Biberin zu bedenken.

»Ich auch, da du schon einmal davon sprichst. Die sind selten genug, sind Ausnahmen und gleichen allem andern eher als den Menschen. Aber im allgemeinen, das rate ich dir, wenn du irgendwo einem Wesen begegnest, das sich so anstellt, als sei es ein Mensch, oder einmal menschliches Wesen annimmt und es nicht ist oder ein Mensch sein sollte und es doch nicht ist, dann sei auf deiner Hut und greif nach dem Beil. Deshalb lauert die Hexe immer auf wirkliche menschliche Wesen, seit vielen Jahren schon wartet sie auf euch, und wenn sie wüßte, daß vier von euch hier weilen, wäre sie noch gefährlicher.«

»Wieso denn?« fragte Peter.

»Es gibt noch einen andern Wahrspruch«, sagte der Biber. »Unten auf Feeneden – das ist das Schloß an der

Meeresküste, an des Flusses Mündung, es müßte eigentlich die Hauptstadt des Landes sein, wenn es mit rechten Dingen zuginge –, in Feeneden, da stehn vier Throne, und in Narnia geht die Sage, keiner weiß, wie lange es her ist: Sitzen zwei Adamssöhne und zwei Evastöchter auf diesen vier Thronen, dann ist die Herrschaft der Weißen Hexe zu Ende, und damit ist auch ihr Leben verwirkt. Das ist der Grund, warum wir auf dem Weg hierher so vorsichtig sein mußten. Hätte sie eine Ahnung, daß ihr vier hier seid, wäre euer Leben nicht mehr einen Pfifferling wert.«

Die Kinder schwiegen nach der Erzählung des Bibers. Sie hatten so aufmerksam zugehört, daß sie lange nichts anderes wahrnahmen.

Doch dann rief Lucy plötzlich aus: »Hallo, wo steckt denn Edmund?«

Eine entsetzliche Pause folgte. Einer fragte den andern. »Wer sah ihn zuletzt? Wie lange ist er schon weg? Ist er draußen?« Und alle drängten sich zur Tür, um nach ihm auszuschauen. Der Schnee fiel dicht und gleichmäßig, und das grüne Eis des Tümpels war unter einer dicken, weißen Decke verschwunden. Von der Mitte des Dammes, wo das kleine Haus stand, war kaum das Ufer zu sehn. Sie liefen hinaus und versanken bis über die Fußknöchel in dem weichen Neuschnee. Sie rannten in allen Richtungen um das Haus. »Edmund! Edmund!« riefen sie, bis sie heiser wurden. Aber der lautlos fallende Schnee dämpfte ihre Stimmen, und nicht einmal ein Echo kam als Antwort.

»Geradezu schrecklich«, jammerte Suse, als sie endlich verzweifelt zurückkehrten. »Ach, ich wünschte, wir wären niemals hierhergekommen.«

»Was, um Himmels willen, sollen wir jetzt tun, Herr Biber?« fragte Peter.

»Tun?« antwortete der Biber, der schon dabei war, seine Schneestiefel anzuziehn. »Wir müssen sofort aufbrechen! Keinen Augenblick dürfen wir zögern.«

»Am besten teilen wir uns in vier Rettungsgruppen. Jeder geht in eine andere Richtung«, schlug Peter vor. »Wer ihn findet, kommt gleich zurück und ...«

»Rettungsgruppen, Adamssohn?« unterbrach der Biber. »Wozu das?«

»Selbstverständlich, um Edmund zu suchen.«

»Es hat keinen Zweck, ihn zu suchen«, knurrte der Biber.

»Was soll das heißen?« fragte Suse. »Er kann doch nicht weit sein! Wir müssen ihn finden! Warum behaupten Sie, daß es keinen Zweck hat, ihn zu suchen?«

»Weil es ganz klar ist, wo er ist«, antwortete der Biber. Alle starrten ihn atemlos an. »Begreift ihr denn nicht? Er ist zu ihr gegangen, zur Weißen Hexe. Und er hat uns verraten!«

»Oh, unmöglich!« rief Suse. »Das kann er nicht getan haben.«

»Kann er wirklich nicht?« sagte der Herr Biber und musterte die Kinder mit scharfem Blick. Was sie auch vorbringen wollten, erstarb auf ihren Lippen, denn jedes von ihnen war plötzlich ganz sicher: genau das war es, was Edmund getan hatte.

»Aber wieso kennt er den Weg?« fragte Peter.

»Ist er denn nie vorher hier im Land gewesen?« fragte der Biber.

»Doch«, antwortete Lucy, »leider war er schon hier.«

»Und hat er auch erzählt, was er getrieben hat, wem er begegnet ist?«

»Nein, das tat er nicht«, sagte Lucy.

»Dann glaubt mir«, sagte der Biber, »die Weiße Hexe hat ihn erwischt, und er hat sich auf ihre Seite geschlagen. Er hat erfahren, wo sie wohnt. Ich wollte es bisher nicht erwähnen, da er euer Bruder ist ... und überhaupt ... und so. Aber als ich seine Augen sah, sagte ich mir: das ist ein Verräter. Er sah aus wie einer, der bei der Zauberin gewesen ist und ihre Speisen genossen hat. Wenn man lange genug in Narnia gelebt hat, erkennt man das sofort: an den Augen.«

»Und wenn auch«, sagte Peter mit halberstickter Stimme. »Wir müssen ihn suchen gehn! Selbst wenn er ein rechtes kleines Biest ist, bleibt er doch unser Bruder, und er ist auch nur ein Kind.«

»In das Haus der Hexe gehn?« rief die Frau Biberin. »Begreife doch, du mußt ihr fernbleiben. Das ist die einzige Möglichkeit, ihn und euch zu retten.«

»Wie stellen Sie sich das vor?« fragte Lucy.

»Ei! Sie will ja gar nichts anderes als euch alle vier auf einmal kriegen. Die ganze Zeit denkt sie an nichts anderes als an ihre vier Throne auf Feeneden. Sobald ihr alle vier in ihrem Haus seid, hat sie gewonnenes Spiel, und bevor ihr noch Piep sagen könnt, stehn vier neue Steinfiguren in ihrer Sammlung. Solange er der einzige ist, läßt sie ihn leben und benutzt ihn als Lockvogel. Er ist der Köder, mit dem sie euch fangen will.«

»Oh, kann uns denn keiner helfen?« wehklagte Lucy.

»Niemand als Aslan«, sagte der Biber. »Er ist unsere einzige Hoffnung.«

»Meine Lieben«, sagte nun die Biberin. »Es wäre wichtig zu wissen, wann er entwischt ist. Er kann ihr nur verraten, was er hier gehört hat. Hatten wir Aslan schon erwähnt? Wenn nicht, dann ist alles gut. Dann weiß sie gar nicht, daß Aslan in Narnia angekommen ist und daß wir ihm begegnen sollen. Sie wird, was das anbelangt, nicht auf der Hut sein.«

»Ich erinnere mich nicht mehr«, begann Peter. »War er noch dabei, als wir von Aslan sprachen?«

»Doch, er war dabei.« Lucys Stimme klang kläglich.

»Erinnert euch doch. Er fragte, ob die Hexe nicht auch Aslan versteinern könnte.«

»Schlimm, schlimm«, meinte der Biber. »Und nun weiter: war er noch da, als ich euch erzählte: der Treffpunkt mit Aslan ist der Steintisch?«

Auf diese Frage wußte keiner eine Antwort.

»Denn«, meinte der Biber, »wenn er das gehört hat, dann jagt sie einfach mit ihrem Schlitten in dieser Richtung los, fängt uns noch, bevor wir den Steintisch erreichen, und wir sind von Aslan abgeschnitten.«

»Das ist nicht ihr erster Gedanke«, sagte die Biberin. »Nein, nein, ich kenne sie. Sobald ihr Edmund erzählt hat, daß wir hier alle beisammensitzen, versucht sie, uns gleich hier zu fangen. Wenn sie vor einer halben Stunde aufgebrochen ist, kann sie in einer Viertelstunde hier sein.«

»Du hast recht, liebe Frau«, bestätigte ihr Mann. »Wir müssen fort! Jeder Augenblick ist kostbar.«

Im Haus der Zauberin

Nun wollt ihr natürlich wissen, was mit Edmund geschah. Er hatte gegessen, was es zu essen gab, aber es schmeckte ihm nicht recht, denn die ganze Zeit über dachte er an den türkischen Honig, und nichts verdirbt den Appetit so sehr, als wenn man an Zauberschleckereien denkt. Er hatte dem Gespräch mit großem Mißbehagen zugehört, denn er hatte ja gemerkt, daß die andern ihn nicht beachteten, ja sogar ihm die kalte Schulter zeigten. Das taten sie zwar nicht, aber er bildete sich das eben ein. Er hatte auch noch gehört, wie der Biber von Aslan gesprochen und gesagt hatte, daß sie ihn am Steintisch treffen wollten. Da zog er sich leise zurück und verbarg sich hinter dem Vorhang, der vor der Tür hing. Denn bei der Erwähnung Aslans überkam ihn geheimnisvoller Schrecken wie die andern geheimnisvoll Liebliches.

Gerade als der Biber den Spruch von Adams Fleisch und Blut aufsagte, drückte Edmund lautlos die Klinke nieder, und noch bevor der Biber erklärte: die Weiße Hexe sei kein wirklicher Mensch, sondern halb Dämonin, halb Riesin, glitt Edmund hinaus in den Schnee und schloß behutsam die Tür hinter sich.

Ihr müßt nun nicht denken, Edmund sei so schlecht gewesen, zu wünschen, sein Bruder und seine Schwestern sollten in Stein verwandelt werden. Er hatte keinen andern Wunsch, als türkischen Honig zu naschen, Prinz zu werden und später gar König. Aber er wollte es auch Peter heimzahlen, daß er ihn ein Biest genannt hatte. Die Zauberin mochte mit den andern anfangen, was sie wollte, keinesfalls sollte sie besonders nett zu ihnen sein oder sie so gut wie ihn behandeln. Es gelang ihm zu glauben, oder er tat wenigstens so, als ob er es glaube, die Hexe würde ihnen nichts wirklich Böses antun. ›Denn‹, sagte er sich, ›alle Leute, die so häßliches Zeug über sie reden, sind ihre Feinde. Wahrscheinlich ist nur die Hälfte davon wahr. Zu mir war sie jedenfalls sehr nett, viel netter als die Meinen. Ich glaube, sie ist die wirkliche Königin, auf jeden Fall wird sie besser sein als der gräßliche Aslan.‹ Das war die Ausrede, mit der er sein Handeln schließlich vor sich rechtfertigte. Es war keine gute Rechtfertigung, denn tief in seinem Innern wußte er genau: die Weiße Hexe ist böse und grausam.

Als er draußen im Freien stand, gewahrte er, daß es heftig schneite, und er hatte seinen Mantel im Biberhaus vergessen. Eine schöne Bescherung! Es war unmöglich, umzukehren und ihn noch zu holen. Das Tageslicht war fast erloschen, gegen drei Uhr hatten sie sich erst zum Essen niedergesetzt. Wintertage sind kurz, damit hatte er nicht gerechnet. Er schlug seinen Rockkragen hoch und stapfte über den Damm; glücklicherweise war es nicht mehr so glatt, weil Neuschnee gefallen war.

Als er das andere Ufer erreicht hatte, war er recht übel dran, denn es wurde jede Minute dunkler, und er konnte in dem Schneetreiben kaum drei Schritte weit sehn. Es gab nicht einmal eine Straße. Er rutschte in tiefe Schneewehen, schlitterte über gefrorene Tümpel, stolperte über gestürzte Baumstämme, fiel steile Abhänge hinunter und stieß gegen Felsen, bis er naß und kalt und über und über zerschlagen war. Die Einsamkeit und das Schweigen ringsum waren fürchterlich. Er hätte tatsächlich seinen Plan aufgegeben und wäre zurückgegangen, um sich mit den andern auszusöhnen und alles einzugestehn, wenn er sich nicht immer wieder vorgesagt hätte: ›Sobald ich erst König von Narnia bin, werde ich vor allem anständige Straßen bauen.‹ Der Wunsch, König zu werden, trieb ihn gehörig an. Er stellte sich seinen Palast vor, wieviel Lakaien, wieviel Karossen er haben würde, natürlich auch ein eigenes Kino . . . Er überlegte, wo die Haupteisenbahnlinie laufen solle und welche Gesetze er gegen Biber und ihre Dämme erlassen würde. Seine Pläne bekamen den letzten Schliff, als er entschied, wie Peter im Zaum zu halten sei.

Da schlug das Wetter um. Zuerst hörte es auf zu schneien. Dann erhob sich ein Wind, und es wurde eisig kalt. Endlich verschwanden die Wolken, und der Mond ließ sich sehn. Es war Vollmond. Sein Schein machte alles in der Runde taghell; nur die Schatten auf dem Schnee waren ziemlich verwirrend. Ohne den Mond hätte er niemals seinen Weg am andern Ufer gefunden. (Erinnert euch nur: er sah das Ufer bei der Ankunft vor dem Biberhaus.) Nun ging er weiter, bis dorthin, wo ein kleinerer Fluß in den großen mündete. Er folgte ihm flußaufwärts in ein schmales Tal, viel steiler und felsiger als jenes, das er soeben verlassen hatte. Es war auch von starkem Gestrüpp überwuchert, so daß er sich in der Dunkelheit kaum zurechtfand. Er mußte unter Zweigen durchkriechen, und dabei stürzten schwere Schneeklumpen auf seinen Rücken, bis er durch und durch naß war. Mit jedem Schritt haßte er Peter mehr, als sei dieser an allem schuld.

Endlich fand er einen ebenen Weg. Das Tal öffnete sich, und da erblickte er dicht vor sich, am andern Ufer in einer Mulde zwischen zwei Hügeln, das Haus der Weißen Hexe, in Wirklichkeit war es ein kleines Schloß. Der Mond schien heller denn je. Das Schloß schien ganz aus Türmchen zu bestehn, kleine Türme mit langen scharfen Spitzen. Sie sahn aus wie riesige Narrenkappen oder Zauberhüte, erglänzten im Mondschein und warfen unheimlich lange Schatten auf den Schnee. Edmund beschlich Furcht vor dem Haus, aber jetzt war es zur Umkehr zu spät. Er überschritt den gefrorenen Fluß und ging auf das Haus zu. Nichts bewegte sich. Nicht der leiseste Ton war hörbar, sogar seine eigenen Schritte waren unhörbar im tiefen Neuschnee. Er ging von einer Ecke zur andern, von Türmchen zu Türmchen und suchte den Eingang. Er mußte bis ans entlegenste Ende, bevor er ihn fand. Es war ein riesiger Torbogen, aber sein großes Eisengitter war weit geöffnet. Edmund schlich sich an den Bogen heran und schaute vorsichtig in den Schloßhof. Sein Herz erstarrte fast, denn da stand, vom Mond beschienen, ein riesengroßer, sprungbereiter Löwe. Edmund hielt sich im Schatten des Tores und getraute sich weder vor noch zurück. Er stand mit schlotternden Knien, so lange, bis seine Zähne vor Kälte – vielleicht auch vor Furcht – klapperten. Er wußte nicht genau, wie lange er so stand... Stunden dünkte es ihm.

Endlich fragte er sich, warum der Löwe gar so still blieb,

denn seit Edmund ihn erblickt, hatte er sich nicht im geringsten bewegt. Da wagte er sich ein wenig näher – noch immer möglichst im Schatten des Torbogens – und sah den Löwen deutlicher. Der Löwe starrte auf etwas anderes, und zwar auf einen kleinen Zwerg, der, in geringer Entfernung, ihm den Rücken kehrte. Oha, dachte Edmund, sobald er auf den Zwerg losspringt, kann ich ausreißen. Doch weder Zwerg noch Löwe bewegten sich. Und da erinnerte sich Edmund, was der alte Biber von der Weißen Hexe erzählt hatte: sie versteinerte ja alle Geschöpfe. Vielleicht war es nur ein Steinlöwe, und da bemerkte er auch, daß Haupt und Rücken des Löwen mit Schnee bedeckt waren. Selbstverständlich konnte es nur eine Steinfigur sein. Kein lebendes Tier ließ sich jemals zuschneien.

Da wagte sich Edmund sehr langsam, mit so laut klopfendem Herzen, daß es fast zersprang, näher an den Löwen heran. Auch jetzt noch getraute er sich kaum, ihn zu berühren. Doch endlich streckte er die Hand aus und spürte: es war kalter Stein. Er war vor einem Löwen erschrocken, der bloß aus Stein war! Edmund atmete erleichtert auf. Trotz der Kälte wurde ihm plötzlich von Kopf bis zu den Füßen warm, und gleichzeitig kam ihm ein großartiger Gedanke: Vielleicht ist das der große Löwe Aslan, von dem sie alle redeten. Die Hexe hat ihn bereits gefangen und versteinert... Nun ist's Schluß mit all den feinen Plänen, die sie mit ihm vorhatten.

Ätsch! Wer fürchtet sich noch vor Aslan. Edmund lachte sich ins Fäustchen, und gleich darauf tat er etwas sehr Dummes und Kindisches. Er zog einen Bleistiftstummel aus der Tasche, malte auf des Löwen Oberlippe einen Schnauzbart und über seine Augen eine Brille. Dann sagte er: »Na, du alter, blöder Aslan, da hast du gedacht, weiß Gott, was du bist, und wie gefällt es dir nun, so als Stein dazustehn?« Doch das große steinerne Antlitz des Löwen schaute trotz

des verunstaltenden Gekritzels so schrecklich traurig und hoheitsvoll ins Mondlicht, daß Edmund seines Spottes nicht recht froh wurde. Er drehte sich um und überschritt den Hof.

Als er bis zur Mitte gekommen war, sah er überall Steinfiguren. Sie standen da und dort, wie Schachfiguren auf ihrem Brett mitten im halbfertigen Spiel. Es gab da Steinsatyre und steinerne Wölfe, Bären, Dachse und Wildkatzen aus Stein. Es gab liebliche Figuren, die Frauen glichen; es waren aber Baumgeister. Da stand ein ungeheurer Zentaur, ein geflügeltes Roß und ein langgestrecktes Wesen, das Edmund für einen Drachen hielt. Alle standen vollkommen regungslos und sahen im kalten Mondlicht so lebenswahr und unheimlich aus, daß es Edmund schwerfiel, den Hof zu überschreiten. Genau in der Mitte erhob sich gar noch eine riesenhafte Gestalt, ein Mann, so hoch wie ein Baum, mit einem grimmigen Gesicht und einem zottigen Bart, eine Keule in seiner Linken. Obgleich Edmund wußte, daß er nur einen Steinriesen ohne einen Funken Leben vor sich hatte, getraute er sich kaum daran vorbei.

Dann sah er aus einem Türspalt gegenüber ein schwaches Licht fallen und schritt darauf zu. Einige Steinstufen führten zu einer offenen Tür, Edmund stieg hinauf. Quer über der Schwelle lag ein großer Wolf. ›Der macht mir nichts‹, sagte sich Edmund. ›Es ist nur ein Steinwolf. Er kann mir nichts tun‹, und schon hob er seinen Fuß und wollte über ihn hinwegsteigen; da schoß das Riesentier mit gesträubtem Haar auf ihn zu, öffnete sein großes rotes Maul und sprach knurrend: »Wer ist da? Halt an, Fremdling, und sag Er mir, wer Er ist!«

»O bitte, Herr Wolf«, antwortete Edmund – er zitterte so, daß er kaum sprechen konnte –, »ich heiße Edmund. Ich bin ein Adamssohn. Ich habe Ihre Majestät einmal im Wald getroffen, und jetzt komme ich und überbringe ihr Neuigkeiten. Mein Bruder und meine Schwestern sind nun in Narnia, im Biberhaus. Sie wollte sie gerne sehn.«

»Ich werde es Ihrer Majestät melden«, sagte der Wolf. »Bleibe Er indessen unbeweglich auf der Schwelle stehn, wenn Ihm sein Leben lieb ist.« Der Wolf verschwand im Haus. Edmund stand und wartete. Seine Finger schmerzten vor Kälte, und sein Herz hämmerte gegen die Brust.

Bald darauf kam der graue Wolf, Maugrim, Oberst der geheimen Zauberpolizei, zurück und rief: »Komm Er herein, komm Er herein, beneidenswerter Günstling der Königin, oder vielleicht auch nicht so zu beneidender!«

Edmund überschritt die Schwelle, er ging sehr behutsam, um nicht auf die Pfoten des Wolfes zu treten.

Er kam in eine lange dämmerige, von vielen Säulen getragene Halle. Sie war genauso voll von Steinfiguren wie der Hof. Gleich neben der Tür stand ein kleiner Faun mit einem sehr traurigen Gesicht. Das ist sicherlich Lucys Faun, dachte Edmund. Es war nur spärlich Licht im Raum, eine einzige Lampe brannte, und dicht neben ihr saß die Hexe.

»Da bin ich, Eure Majestät.« Edmund lief eifrig auf sie zu.

»Er wagt es, allein zu kommen?« fragte die Hexe mit schrecklicher Stimme. »Habe ich Ihm nicht gesagt, Er soll die andern mitbringen?«

»Bitte sehr, Majestät, ich tat, was ich konnte. Ich brachte sie ganz in die Nähe. Sie stecken in dem kleinen Haus, gerade oberhalb des Flusses auf dem Damm, bei Herrn und Frau Biber.«

Ein schlaues, grausames Lächeln glitt über der Hexe Gesicht.

»Sind das alle Neuigkeiten?« fragte sie.

»Nein, Majestät«, und Edmund erzählte ihr alles, was er vor dem Verlassen des Biberhauses mit angehört hatte.

»Was? Aslan ist da?« schrie die Hexe. »Aslan? Ist das wahr? Wehe, wenn Er mich belügt.«

»Bitte schön, ich wiederhole nur, was sie gesagt haben«, stammelte Edmund.

Aber die Königin beachtete ihn nicht länger. Sie klatschte in die Hände, und sofort erschien derselbe Zwerg, den Edmund bereits von ihrer ersten Begegnung her kannte.

»Mach den Schlitten bereit«, befahl die Hexe, »aber nimm das Zaumzeug ohne Glöckchen!«

Der Zauberbann weicht

Nun zurück zu Herrn und Frau Biber und den drei Kindern. Sowie der Biber sagte: »Es ist höchste Zeit«, schlüpften alle in ihre Mäntel, nur die Frau Biberin nicht. Sie holte Rucksäcke, legte sie auf den Tisch und bat: »Lieber Mann, reich mir jetzt den Schinken herunter, und dort ist ein Päckchen Tee, da Zucker, hier Zündhölzer, und einer soll mir aus dem irdenen Topf in der Ecke zwei oder drei Brote langen.«

»Was tun Sie da, Frau Biberin?« erkundigte sich Suse.

»Ich packe uns allen etwas zum Essen ein, mein Kind«, meinte die Biberin sehr gelassen. »Oder glaubst du vielleicht, wir machten uns ohne Essen auf den Weg?«

»Aber wir haben doch keine Zeit«, klagte Suse und knöpfte ihren Mantelkragen zu. »Sie kann ja jede Minute hier sein.«

»Das sage ich auch«, stimmte ihr der Biber zu.

»Nun regt euch nur nicht auf«, sagte seine Frau. »Überleg dir doch, lieber Mann, sie kann frühestens in einer Viertelstunde hier sein.«

»Aber sollten wir nicht schon einen möglichst weiten Vorsprung haben?«, meinte Peter, »damit wir vor ihr am Steintisch sind?«

»Ja, das sollten Sie sich überlegen, Frau Biberin«, sagte Suse. »Wenn die Hexe hereinschaut und merkt, wir sind gerade erst fort, wird sie uns mit Windeseile nachjagen.«

»Das wird sie wohl«, antwortete die Biberin. »Aber was wir auch tun, wir können keinesfalls vor ihr dort sein, denn sie fährt im Schlitten, und wir gehn zu Fuß.«

»Dann haben wir ja gar keine Hoffnung!« rief Suse.

»Mach nur jetzt keinen Kuddelmuddel, mein Kind, sondern nimm lieber ein halbes Dutzend saubere Taschentücher aus der Schublade. Natürlich haben wir genug Hoffnung. Wir können nicht vor ihr dort sein, aber wir können uns im Dickicht verbergen und Pfade wählen, die sie nicht kennt. Vielleicht kommen wir so durch.«

»Das ist schon richtig, liebe Frau«, sagte ihr Mann, »aber es ist trotzdem höchste Zeit, hier rauszukommen.«

»Jetzt verliere nicht auch du noch den Kopf, lieber Mann«, beruhigte ihn seine Frau. »Da, das ist besser. Hier sind vier Rucksäcke, der kleinste ist für die Kleinste von uns. Das bist du, mein Kind«, setzte sie hinzu und schaute auf Lucy.

»Ach bitte, bitte, kommt«, bettelte Lucy.

»Schon gut, ich bin fast fertig«, antwortete die Biberin und ließ sich von ihrem Mann in die Schneestiefel helfen. »Die Nähmaschine wird wohl zu schwer sein zum Mitnehmen?«

»Ja, die ist viel zu schwer«, sagte der Biber. »Und du glaubst doch selbst nicht, daß du sie unterwegs brauchen kannst.«

»Nein, aber ich krieg' den Gedanken nicht los, daß die Hexe daran herumpfuscht, sie ruiniert oder stiehlt, das wäre nämlich gut möglich.«

»Oh, bitte, bitte, bitte, beeilt euch«, drängten die Kinder.

Schließlich waren sie glücklich draußen, und der Biber versperrte die Tür.

»So, das wird sie ein bißchen aufhalten«, brummelte er. Sie hängten sich die Rucksäcke über die Schultern und marschierten ab. Es hatte aufgehört zu schneien, und der Mond ließ sich wieder einmal sehn, als sie ihren Weg antraten. Sie gingen im Gänsemarsch, zuerst der Biber, dann Lucy, dann Peter, dann Suse, und zum Schluß kam die Biberin. Der Biber führte sie über den Damm ans rechte Flußufer und dann zwischen den Bäumen die Uferböschung hinab. Die Talseiten waren vom Mond beschienen, sie türmten sich zu beiden Seiten hoch auf.

»Halten wir uns soweit wie möglich hier unten«, bat der Biber. »Sie muß mit ihrem Schlitten oben auf der Höhe bleiben. Sie kann ja nicht herunterschlittern.«

Was für ein schönes Bild wäre es gewesen, hätte man es durch ein Fenster vom bequemen Stuhl aus betrachtet. Und selbst so hatte Lucy zunächst ihre Freude daran, doch als sie weiter und immer weiter gingen und gingen, wurde der Rucksack schwer und schwerer, und sie fragte sich, wie das alles wohl enden solle. Sie blieb stehn und sah sich die flimmernde Helle des gefrorenen Flusses mit seinen erstarrten Wasserfällen, die weißen Schneelasten der Baumwipfel, den großen klaren Mond und die unzähligen Sterne an. Sie beobachtete Herrn Bibers kurze Beinchen, die vor ihr, pitsch – patsch – pitsch – patsch, durch den Schnee watschelten, als würden sie niemals stillestehn. Dann versteckte sich der Mond wieder, und es fing von neuem an zu schneien. Lucy war so müde, daß sie fast im Laufen eingeschlafen wäre, da bemerkte sie plötzlich: der Biber wandte sich vom Ufer ab nach rechts, führte sie steil aufwärts in dichtes Strauchwerk, und – hast du nicht gesehn, verschwand er in einem kleinen Loch, das fast unsichtbar war unter dem Gebüsch, und erst wenn man ganz nahe stand, entdeckte man es. Bevor sich Lucy überhaupt klar wurde, was geschah, sah sie nur noch seinen kurzen breiten Schwanz herausragen.

Sofort bückte sie sich und krabbelte ihm nach. Dann hörte sie Stoßen und Strampeln und Scharren hinter sich, und in wenigen Minuten waren alle fünf drinnen.

»Wo um alles in der Welt sind wir?« fragte Peter. Seine Stimme klang müde und blaß. (Ich hoffe, ihr versteht, was ich mit einer Stimme, die blaß klingt, sagen will?)

»Das ist ein alter Biberschlupfwinkel für gefährliche Zeiten, ein großes Geheimnis. Wir haben nicht viel Platz, aber wir brauchen ein paar Stunden Schlaf«, erklärte der Biber.

»Hättest du beim Abmarsch nicht so gedrängelt, dann hätte ich einige Kissen mitgenommen«, klagte die Biberin.

Die Höhle war nicht halb so hübsch wie die von Herrn Tumnus, stellte Lucy fest. Es war ein sandiges, aber immerhin trockenes Erdloch. Es war sehr eng, und nachdem alle sich niedergelegt hatten, bildeten sie nur ein einziges Pelz- und Kleiderbündel, aber dadurch wärmten sie einander, und nach dem langen Marsch fehlte nicht viel, so wäre es geradezu heimelig gewesen. Der Boden der Höhle hätte allerdings ein wenig weicher sein können. Nun reichte die Frau Biberin im Dunkeln eine kleine Flasche herum, und jeder nahm einen Schluck. Der Trank brannte in der Kehle. Jeder mußte husten und ein bißchen krächzen, aber als sie ihn unten hatten, wurde ihnen wundervoll warm, sie streckten sich aus und schliefen ein.

Lucy dünkte es nur eine Minute, obgleich Stunden und Stunden vergangen waren. Als sie wieder erwachte, fröstelte sie ein wenig, fühlte sich ganz steif und hätte schrecklich gern ein heißes Bad gehabt. Die langen Haare eines Bibertes kitzelten ihre Wange. Sie sah das Tageslicht vor dem Höhleneingang, und gleich darauf war sie – wie alle die andern auch – völlig munter. Sie saßen plötzlich alle mucksmäuschenstill, sperrten Mund und Augen auf und lauschten einem Geräusch, an das sie die ganze Zeit über gedacht hatten, das sie auf ihrer nächtlichen Wanderung mehrmals zu hören geglaubt: »Kling, klang – kling, klang« ertönte es.

Der Biber hatte es kaum gehört, da fuhr er wie ein Blitz aus der Höhle. Wahrscheinlich denkt ihr genau wie Lucy im ersten Augenblick: wie dumm, so was zu tun.

Aber handelte er denn nicht vernünftig? Er wußte, daß er im Schutz der Büsche höher hinaufklettern konnte, ohne gesehn zu werden. Er wollte unbedingt wissen, welchen Weg der Hexenschlitten nehmen würde. Die andern in der Höhle warteten voll Spannung. Sie warteten beinahe fünf Minuten. Was sie dann hörten, erschreckte sie gar sehr. Sie vernahmen Stimmen! O weh, o weh, dachte Lucy. Man hat ihn gesehn. Sie hat ihn gefangen. Wie groß war aber ihre Überraschung, als der Biber sie gleich darauf hinausrief.

»Alles in Ordnung«, schrie er, »kommt nur heraus, liebe Frau, Söhne und Töchter Adams! Alles in Ordnung! Es ist nicht dieselbige.« (Das war natürlich keine gute Umgangssprache, aber so reden die Biber, wenn sie aufgeregt sind, wenigstens in Narnia. In unserer Welt sprechen sie ja gewöhnlich überhaupt nicht.)

Die Biberin und die Kinder buddelten sich aus der Höhle heraus und blinzelten, über und über mit Sand und Erde bedeckt, in das Tageslicht. Sie sahen ganz zerdrückt, ungebürstet, ungekämmt und verschlafen aus.

»Kommt her, kommt alle her!« Der Biber tanzte geradezu vor Vergnügen. »Das ist ein schwerer Schlag für die Hexe. Ihre Macht scheint bereits gebrochen.«

»Was meint Ihr denn, Herr Biber?« keuchte Peter, während sie alle zusammen den Abhang hinaufkletterten.

»Erzählte ich euch nicht«, antwortete der Biber, »daß sie

immerzu Winter macht und wir niemals Weihnachten haben? Erzählte ich euch das nicht? Jetzt kommt her und seht!«

Als sie alle auf der Anhöhe waren, sahen sie es: da stand ein Schlitten und Rentiere mit Glocken am Zaumzeug. Aber sie waren viel größer als die Rentiere der Zauberin. Sie waren nicht weiß, sie waren braun. Und im Schlitten saß einer, den jeder auf den ersten Blick erkennt: ein riesenhafter Mann in leuchtendrotem Rock (rot leuchtend wie Ebereschen) mit einer Pelzmütze. Ein großer weißer Bart fiel wie ein Wasserfall über seine Brust. Selbst wenn man Leute wie ihn nur in Narnia mit Augen schauen kann, so kennt man doch genug Bilder von ihm und hat auch in unserer Welt auf dieser Seite der Wandschranktür von ihm gehört. Aber in Narnia ist es ganz anders. In unserer Welt zeigen viele Bilder ihn nur lustig und drollig. Aber jetzt, wo die Kinder ihn wirklich vor sich sahen, stand er so hoheitsvoll, zugleich so freudestrahlend, so lebenswirklich vor ihnen, daß alle verstummten. Es war ihnen sehr fröhlich zumute, aber auch sehr feierlich.

»Endlich kann ich kommen«, sagte er. »Sie hat mich lange Zeit ferngehalten, aber nun bin ich wieder da, Aslan ist unterwegs, und der Hexe Macht vergeht.«

Lucy fühlte einen Schauer von Glück, wie ein Mensch ihn nur in ganz feierlich stillen Stunden erlebt.

»Und da«, sagte der Weihnachtsmann, »sind eure Geschenke. Hier ist eine neue und bessere Nähmaschine für Euch, liebe Biberin. Ich bringe sie im Vorbeifahren in Euer Haus.«

»Entschuldigen Sie, Herr Weihnachtsmann«, die Biberin machte einen Knicks, »das Haus ist verschlossen.«

»Schlösser und Riegel hindern mich nicht«, antwortete der Weihnachtsmann. »Und Ihr, lieber Biber, werdet bei der Heimkehr einen fertig gebauten Damm vorfinden, alle Löcher verstopft und ein neues Schleusengitter davor.«

Der Biber war hoch entzückt. Er riß vor Freude sein Maul so weit auf, daß er kein Wort herausbringen konnte.

»Du, Peter, Adamssohn«, setzte der Weihnachtsmann fort.

»Hier bin ich, Herr Weihnachtsmann«, meldete sich Peter.

»Da sind deine Geschenke, Werkzeuge, keine Spielsachen, denn die Zeit, sie zu benutzen, ist vielleicht nahe. Bewahre sie gut.« Mit diesen Worten übergab er Peter ein Schwert und einen Schild. Der Schild leuchtete wie Silber. Auf dem Wappen glänzte ein aufrecht stehender roter Leu. Der Schwertgriff war von Gold. Schwertgurt und Scheide und alles, was dazu gehörte, wogen genau so viel, daß Peter sie gut tragen und handhaben konnte. Er blieb still und stumm und war feierlich bewegt, als er dies Geschenk entgegennahm, denn er fühlte, daß es ganz besondere Gaben waren.

»Suse, Evastochter«, sagte der Weihnachtsmann. »Dies ist für dich.«

Er gab ihr einen Bogen, einen Köcher mit Pfeilen und ein kleines Elfenbeinhorn. »Den Bogen darfst du nur in höchster Not benutzen, denn du sollst nicht in Schlachten kämpfen. Er verfehlt selten sein Ziel. Und wenn du das Horn an deine Lippen setzt und hineinbläst, wird dir Hilfe zuteil werden, wo immer du auch bist.«

Zuletzt sprach er: »Lucy, Evastochter«, und sie trat vor.

Ihr gab er ein Fläschchen. Es sah wie Glas aus, aber später hieß es, es sei ein Diamant gewesen. Er reichte ihr außerdem einen kleinen Dolch. »In dieser Flasche ist Lebenswasser, es kommt aus der Feuerblume, die in den Sonnengebirgen wächst. Wirst du oder einer deiner Freunde verwundet, so werden euch wenige Tropfen sofort heilen. Der Dolch

soll dich in äußerster Not verteidigen. Aber du sollst am Kampf nicht teilnehmen.«

»Warum nicht, Herr Weihnachtsmann?« fragte Lucy. »Ich glaube, ich weiß es genau, ich könnte tapfer sein.«

»Darum geht es nicht, aber Schlachten, wo Frauen mitkämpfen, sind die häßlichsten. Und nun gebe ich euch das, was ihr gerade nötig habt.«

Er holte – ich vermute, aus dem großen Sack auf seinem Rücken, aber niemand sah recht, wie es geschah – ein großes Tablett mit Tassen und Untertassen, einer Schale Würfelzucker, einem Krüglein Rahm und einer Kanne mit siedendheißem Tee. Dann rief er: »Fröhliche Weihnachten! Lang lebe der wahre König!« und knallte in der Ferne mit der Peitsche, ehe sie noch erfaßten, daß er entschwunden war.

Peter hatte schon sein Schwert aus der Scheide gezogen und schwang es vor dem Biber, da sagte die Biberin: »Aber, aber, steht da nicht schwatzend herum, bis der Tee kalt wird. Das sieht den Männern ähnlich. Wir wollen frühstücken. Wie gut, daß ich mein Brotmesser mitgenommen habe.«

So kletterten sie wieder den Abhang hinunter in ihre Höhle. Der Biber schnitt Brot und belegte es mit Schinken. Die Biberin schenkte Tee ein, und jeder freute sich über Speise und Trank. Sie wären gerne noch länger verweilt, aber der Biber rief: »Höchste Zeit aufzubrechen!«

Aslan naht

Unterdessen erlebte Edmund recht viel Enttäuschung. Als sich der Zwerg von dannen gemacht hatte, erwartete er, die Zauberin werde wieder so nett zu ihm sein wie bei ihrer ersten Begegnung. Sie jedoch sagte überhaupt nichts, und als Edmund endlich seinen Mut zusammennahm und bat: »Bitte sehr, Majestät versprachen mir doch – versprachen mir doch türkischen Honig«, rief sie: »Schweig Er, Dummkopf!« Dann schien sie ihre Meinung zu ändern. Sie murmelte wie zu sich selbst: »Der Fratz darf mir unterwegs nicht schwach werden« und klatschte abermals in die Hände, worauf ein anderer Zwerg erschien.

»Bring diesem Menschengeschöpf Speise und Trank!« befahl sie.

Der Zwerg ging und kehrte gleich darauf zurück. Er brachte in einer eisernen Schale Wasser und auf einem Eisenteller ein Stück trockenes Brot. Wie er es auf den Fußboden neben Edmund setzte, grinste er widerlich und höhnte: »Hier ist der türkische Honig für den kleinen Prinzen. Hahaha!«

»Nimm das weg«, trotzte Edmund. »Ich will kein trockenes Brot.« Aber die Hexe drehte sich ihm mit einem so furchtbaren Gesichtsausdruck zu, daß er sich entschuldigte und langsam an dem Brot zu knabbern begann, wenngleich es so altbacken war, daß er es kaum hinunterwürgen konnte.

»Er wird noch dankbar daran zurückdenken, ehe Er wieder Brot zu kosten bekommt«, sagte die Hexe.

Während er still vor sich hinkaute, kam der erste Zwerg zurück und meldete: »Der Schlitten ist bereit.«

Die Weiße Hexe stand auf und ging hinaus. Sie befahl Edmund, ihr zu folgen. Als sie auf den Hof hinaustraten, schneite es wieder einmal, aber die Hexe achtete nicht darauf, und Edmund mußte neben ihr im Schlitten Platz nehmen. Doch bevor sie losfuhren, rief sie Maugrim herbei. Er kam wie ein ungeheurer Hund angetrottet.

»Nimm die schnellsten deiner Wölfe, und laufe sofort zum Biberhaus«, befahl sie ihm. »Töte, wen du dort findest.

Sind sie bereits unterwegs, so eile an den Steintisch, aber laß dich nicht blicken. Warte dort im Verborgenen auf mich. Ich muß indessen sehr, sehr weit gen Westen, bevor ich eine Stelle finde, wo ich den Fluß überqueren kann. Möglicherweise erreichst du die Menschengeschöpfe, bevor sie am Steintisch ankommen. Du weißt, was du zu tun hast, wenn du sie findest.«

»Ich höre und gehorche, o Königin«, knurrte der Wolf und schoß blitzgeschwind in Schnee und Dunkelheit hinaus, schneller als das schnellste Roß.

Nach ein paar Minuten hatte er einen andern Wolf herbeigelockt, rannte mit ihm zum Damm hinunter, und sie schnüffelten um das Biberhaus herum. Natürlich fanden sie es leer. In einer klaren Nacht wäre es für die Kinder und die Biber schlimm gewesen. Dann hätten die Wölfe ihre Spur leicht verfolgen können und sie bestimmt eingeholt, ehe sie ihren Schlupfwinkel erreicht hätten. Durch den Neuschnee jedoch war die Fährte ausgekühlt, sogar die Fußspuren waren zugeweht.

Der Zwerg hieb auf die Rentiere ein, und die Hexe und Edmund glitten durch den Torbogen in die Dunkelheit und die Kälte. Es war eine fürchterliche Fahrt für Edmund, der ohne Mantel war. Nach einer Viertelstunde war seine Brust ganz beschneit, und kaum hatte er den Schnee abgeschüttelt, so bedeckte er ihn von neuem. Und er war so müde. Bald war er wieder bis auf die Haut durchnäßt. Ach, und wie unglücklich fühlte er sich! Es sah gar nicht mehr so aus, als wollte die Hexe ihn zum König machen. Was hatte er sich da alles eingeredet: wie gütig und freundlich sie war und daß sie im Recht sei. Jetzt erschien ihm das alles dumm, und er hätte viel darum gegeben, in diesem Augenblick bei den andern zu sein, sogar bei Peter.

Es gab nur einen Trost. Vielleicht war alles nur ein böser Traum, und er konnte jeden Augenblick erwachen, denn je länger sie fuhren, um so mehr ähnelte das Ganze einem Traum. Aber ach, er erwachte nicht. Er war wach, und es war kein Traum.

Es währte viel länger, als ich zu beschreiben vermag, selbst wenn ich Seiten und Seiten schriebe.

So will ich dort fortfahren, wo es zu schneien aufhörte, der Morgen anbrach und sie bei Tageslicht dahinglitten. Sie fuhren, fuhren immerzu. Er hörte keinen andern Laut als das unablässige Knirschen des Schnees und das Knarren des Zaumzeugs.

Da endlich rief die Hexe: »Halt an! Was ist da los?« Und sie hielten an.

Wie sehr hoffte Edmund, sie würde nun etwas von einem Frühstück sagen. Doch sie hatte aus ganz andern Gründen halten lassen. Ein wenig abseits, am Fuß eines Baumes, saß eine fröhliche Gesellschaft beisammen, nämlich ein Eichhörnchen mit seinem Weib und ihren Kindern, zwei Satyre, ein Zwerg und ein alter Fuchs. Sie saßen auf Hockern um einen Tisch herum. Edmund sah nicht genau, was sie aßen, aber es roch herrlich; alles war mit Weihnachtsgrün und Stechpalmen geschmückt, und es kam ihm vor, als erblicke er so etwas wie einen Christstollen auf dem Tisch. Als der Schlitten hielt, erhob sich der Fuchs gerade. Er war offensichtlich der älteste unter den Anwesenden. Er hielt sein Glas in der Pfote und wollte eine Rede halten. Doch kaum hielt der Schlitten und die Versammelten erkannten, wer darin saß, wich alle Fröhlichkeit aus ihren Mienen. Vater Eichhörnchen blieb der Bissen in der Kehle stecken, er hatte die Gabel halb erhoben; einer der Satyre vergaß gar, die Gabel aus dem Mund zu nehmen, und die kleinen Eichhörnchen fingen an, vor Schreck zu quieken.

»Was soll das bedeuten?« fragte die Hexenkönigin.

Keiner antwortete.

»Sprich, Ungeziefer! Oder soll mein Zwerg euch mit

seiner Peitsche die Zunge lösen? Was soll diese Völlerei, diese Verschwendung und Ausgelassenheit? Woher habt ihr das?«

»Verzeihung«, begann der Fuchs. »Man schenkte es uns, ich bin so frei, auf die Gesundheit Eurer Majestät zu trinken.«

»Wer schenkte es euch?« fragte die Zauberin wieder.

»Der Weih – der Weih – der Weihnachtsmann«, stammelte der Fuchs.

»Was?« schrie die Hexe, sprang vom Schlitten und trat näher an die erschreckten Tiere heran. »Der war nicht hier! Der kann gar nicht hier gewesen sein! Was wagst du zu sagen? Sag, daß du gelogen hast, ich will dir sogar jetzt noch verzeihn.«

Da verlor eines der kleinen Eichhörnchen völlig den Kopf. »Doch war er da, doch war er da«, schrillte das Eichhörnchenkind und schlug mit seinem kleinen Löffel auf den Tisch. Edmund sah, wie sich die Hexe auf die Lippen biß und ihr ein roter Blutstropfen über das Kinn rann. Dann erhob sie ihren Stab. »Nicht doch, ach bitte, bitte nicht«, schrie Edmund, aber obwohl er dagegenschrie, schwang sie den Stab, und die fröhliche Gesellschaft wurde zu Stein. Einige hielten ihre Steingabeln halbwegs zum Munde, und so blieben sie rings um den Steintisch und den versteinerten Christstollen sitzen. »Und das ist für Ihn«, schrie die Zauberin und schlug Edmund heftig ins Gesicht, während sie wieder in den Schlitten stieg. »Ich werde Ihn lehren, sich für Verräter und Spione einzusetzen. Vorwärts, weiter!«

Zum erstenmal in dieser Geschichte bedauerte Edmund nicht nur sich selbst, sondern hatte Mitleid mit andern. Es dünkte ihn zu traurig, so versteinert dazusitzen, stille Tage und dunkle Nächte hindurch, Jahr um Jahr, bis Moos über sie wuchs und ihre Gesichter schließlich verwitterten.

Sie fuhren ohne Halt weiter. Aber bald merkte Edmund,

daß der Schnee, über den sie hinglitten, viel nasser war als in der vergangenen Nacht. Er fror auch weniger, denn es nebelte. Der Nebel wurde dichter und wärmer, und der Schlitten glitt nicht mehr so mühelos dahin wie bisher. Zuerst glaubte er, die Rentiere seien erschöpft, doch bald erkannte er, daß dies nicht der Fall war. Der Schlitten schwankte und schleuderte und fuhr so holprig wie über Steine. Soviel der Zwerg auch auf die Rentiere einschlug, die Fahrt wurde langsamer und langsamer. Dazu hörte Edmund ringsum wunderliche Laute, doch bei dem Rütteln und Stoßen, dem Geschrei des Zwerges und seinem Anfeuern der Rentiere konnte er nicht erkennen, was es eigentlich war, bis der Schlitten plötzlich festsaß, so fest, daß er nicht weiterkonnte.

Als das geschehn war, blieb es einen Augenblick lang ganz still. In dieser Stille konnte Edmund endlich genauer dem andern Geräusch lauschen. Was war es nur? Es war ein wunderlich süßes Rieseln und Zwitschern, es war der Klang von fließendem Wasser, Murmeln, Plätschern und Sprudeln. Irgendwo unsichtbar in der Ferne rauschte es sogar. Er wußte nicht, warum, doch ihm hüpfte das Herz im Leibe. Die Kälte war gewichen, näher, immer näher tönte es »tropf, tropf, tropf«, und als er einen Baum genau betrachtete, sah er, wie Schneelasten lautlos von ihm heruntergleitten. Ach, zum erstenmal, seitdem er Narnia betreten hatte, sah er das dunkle Grün einer Tanne.

Aber er konnte nicht länger schaun und lauschen, denn die Hexe rief: »Starr Er nicht so vor sich hin, Dummkopf, steige Er aus und helfe Er ziehn!« Edmund mußte gehorchen. So kletterte er in den Schnee hinaus, der wirklich nur noch Matsch war. Er half dem Zwerg, den Schlitten aus dem Schlamm herauszuziehn, in dem er feststeckte. Endlich wurde der Schlitten wieder flott, und mit furchtbarer Grausamkeit trieb der Zwerg die Rentiere derart an, daß es wieder ein Stück weiterging, aber bald war kaum noch Schnee vorhanden, überall tauchten Grasflächen auf. Man kann sich vorstellen, wie tief beeindruckt Edmund war, als er nach so viel Schnee endlich frische Rasenflächen sah. Da stak der Schlitten wieder fest.

»Es geht nicht, Majestät«, klagte der Zwerg. »Bei solchem Tauwetter können wir unmöglich Schlitten fahren.«

»Dann müssen wir eben zu Fuß gehn«, erwiderte die Hexe.

»Zu Fuß werden wir sie niemals erreichen«, knurrte der Zwerg. »Bei dem Vorsprung, den sie haben.«

»Ich habe dich nicht um Rat gefragt«, sagte die Hexe. »Tu, was ich dir befehle! Zerschneide das Gespann der Rentiere und laß sie laufen! Sie werden ihren Heimweg allein finden. Dann binde dem Menschengeschöpf die Hände auf dem Rücken mit dem Seil zusammen, nimm das Ende in die Hand und benutze deine Peitsche!«

Der Zwerg gehorchte. Er stieß Edmund aus dem Schlitten, und nun mußte der Junge mit zusammengebundenen Händen laufen, so schnell er nur konnte. Er versank in Schlamm und Matsch, und jedesmal wenn er ausrutschte, fluchte der Zwerg und ließ ihn die Peitsche fühlen.

Die Hexe ging hinter dem Zwerg und rief unablässig: »Schneller, schneller!«

Der Schnee schwand immer rascher dahin, das Gras wurde dichter, es breitete sich aus, und die Bäume hatten alle weißen Schneehüllen abgeschüttelt. Wohin man blickte, überall war dunkles Tannengrün zu sehn, stachlige Zweige, vom Schnee befreite Eichen, Buchen und Ulmen. Dann verwandelte sich der weiße Nebel in Gold, und gleich darauf klärte es sich auf. Sonnenstrahlen glitten über den Waldboden, und durch die Baumkronen war schon ein Stück blauer Himmel sichtbar. Bald vollzogen

sich weitere Wunder. Sie kamen zu einer Gruppe Silberbirken, und Edmund sah den Boden ringsum mit kleinen, gelben Sternblumen besät. Der Lärm der rauschenden Wasser wurde stärker, jetzt überquerten sie einen schäumenden Bach, Schneeglöckchen wuchsen jenseits des Ufers.

Als Edmund den Kopf drehte, um sie näher zu besehn, zog der Zwerg den Strick heimtückisch an und rief: »Kümmere dich um dich selbst!« Doch das hinderte Edmund nicht, sich umzuschaun. Wenige Minuten später gewahrte er Krokusse. Sie blühten goldgelb, lila und weiß um einen alten Baum. Dann erklang ein noch süßerer Laut. Ein Vogel trillerte auf einem Baum neben ihrem Pfad. Aus der Ferne antwortete von allen Seiten ein Piepsen, Pfeifen, Zwitschern und Trillern. Der eine Ruf war nur der Auftakt zu einem vielstimmigen Singsang gewesen. Der ganze Wald war davon erfüllt, und wohin Edmund seine Augen auch richtete, auf allen Ästen saßen Vögel, flogen über ihn dahin, jagten einander, stritten ein wenig, putzten ihr Gefieder oder schnäbelten miteinander.

»Schneller, schneller!« schrie die Hexe.

Keine Spur vom Nebel war mehr vorhanden. Der Himmel wurde blauer und blauer. Dann und wann zogen weiße Wolken darüber hin, und in den Wiesen blühten die Primeln. Eine leichte Brise erhob sich und schüttelte Tropfen von den schwankenden Zweigen auf die erhitzten Gesichter der Wandernden.

Die Bäume waren zu vollem Leben erwacht, die Birken und Lärchen mit Grün bedeckt, der Goldregen trug seine gelben Blütentrauben. Eine Biene summte vor ihnen und flog quer über ihren Pfad.

»Das ist kein Tauwetter mehr!« rief der Zwerg plötzlich und blieb stehn. »Das ist der Frühling. Was sollen wir nun machen? Mit Eurem Winter ist es aus. Ich sage Euch, das ist Aslans Werk! Das hat er getan.«

»Wer von euch noch einmal diesen Namen erwähnt, soll sofort sterben!« schrie die Hexe.

Peters erster Kampf

Während der Zwerg und die Hexe so sprachen, gingen der Biber und die Kinder fern von ihnen Stunden um Stunden wie in einem schönen Traum dahin. Schon lange hatten sie ihre Mäntel abgelegt. Soeben blieben sie stehn und riefen sich gegenseitig zu: »Seht, ein Eisvogel!« – »Hallo, dort eine blaue Glockenblume!« – »Ach, und was riecht da so gut?« – »Horcht, eine Drossel!« Sie setzten ihren Weg fort und schwiegen wieder. Sie kamen über warme, von der Sonne beschienene Stellen, in grünes, kühlendes Dickicht, traten auf weite Moosflächen, wo schlanke Ulmen das blätterreiche Dach über ihren Köpfen ausbreiteten, und dann mitten hinein in dichte, blühende Johannisbeersträucher; an Schlehdornhecken entlang, deren süßer Duft sie fast überwältigte.

Sie waren genauso überrascht wie Edmund, daß der Winter verschwunden war und der Wald sich in wenigen Stunden derart verwandelt hatte. Aus Januar war Mai geworden. Sie hatten im Gegensatz zu der Hexe nicht einmal gewußt, daß dies so kommen mußte, sobald Aslan in Narnia war, aber sie alle wußten: ihr böser Zauber hatte den endlosen Winter hervorgebracht; und so wußten sie auch, angesichts dieses berückenden Frühlings, daß etwas schiefgegangen war, ganz schief mit den Plänen der Hexe. Und da es weitergetaut hatte, einige Zeit schon, war es ganz klar, daß sie den Schlitten nicht länger benutzen konnte. Folglich hatten sie weniger Eile, und sie rasteten ausgiebiger, denn sie waren ziemlich müde, nicht eben erschöpft, nur träger und schläfriger. So ist einem zumute, wenn ein herrlicher langer Tag im Freien sich dem Ende zuneigt und man dies Ende bereits sieht. Suse hatte an einer Ferse eine kleine Blase.

Sie waren schon seit geraumer Zeit vom großen Fluß immer nach rechts abgewichen, sie wanderten gen Süden, um an den Ort des Steintisches zu kommen. Auch wenn es nicht ihr Weg gewesen wäre, hätten sie nicht länger im Flußtal bleiben können. Durch die Schneeschmelze war der Strom angeschwollen, eine prachtvoll brüllende, gelbe Flut wälzte sich vor ihnen, und ihr Pfad wäre überschwemmt gewesen. Die Sonne senkte sich, das Licht wurde röter und die Schatten länger. Die Blumen begannen sich zu schließen.

»Nicht mehr lange!« sagte der Biber und führte sie über tiefes, weiches Torfmoos bergan. Das weiche Moos war sehr angenehm unter ihren müden Füßen. Sie erreichten einen Platz mit hohen Bäumen, die weit auseinander wuchsen. Sie keuchten und schnauften bei diesem Aufstieg am Ende eines langen Tages, und als sie sich eben fragten, ob sie wohl noch auf die Höhe kämen ohne eine nochmalige lange Rast, waren sie plötzlich auch schon oben.

Was sahen sie da?

Sie standen auf einer grünen, offenen Lichtung und konnten nach allen Seiten ausgedehnte Wälder sehn. Nur geradeaus, fern im Osten, bewegte sich etwas Glänzendes. »Donnerwetter«, flüsterte Peter Suse zu. »Das Meer!«

Oben auf dem Hügel stand der Steintisch, eine mächtige Platte aus grauem Stein, von vier Steinpfeilern getragen. Sie sah sehr alt aus und war über und über mit seltsamen Linien und Figuren bedeckt. Es wurde einem ganz seltsam zumute, wenn man sie betrachtete, es mochten Buchstaben einer unbekannten Sprache sein. Das nächste, was sie erblickten, war ein Zelt, das auf einer Seite der Hochfläche errichtet war, ein wunderbares Zelt, besonders jetzt, wo es in den Strahlen der untergehenden Sonne erglänzte. Die Wände schienen aus gelber Seide zu sein, mit purpurnen Schnüren und elfenbeinernen Zeltpflöcken. Hoch darüber wehte von einem Mast das Banner, das einen aufgerichteten roten Leu zeigte, ein leichter Wind blies vom fernen Meer. Er kühlte ihnen die Gesichter und bewegte die Flagge. Während sie das alles fast andächtig still betrachteten, hörten sie Musik. Als sie die Köpfe nach rechts wandten, sahen sie ihn.

Aslan stand da, inmitten einer Unzahl von Geschöpfen, die rund um ihn im Halbkreis versammelt waren. Baum- und Quellweibchen, in unserer Welt Dryaden und Najaden genannt, hielten Saiteninstrumente, und sie waren es, die die Musik machten. Da gab es vier großmächtige Zentauren. Ihre Pferdekörper glichen Ackergäulen, aber ihre Menschenkörper schönen, strengen Riesen. Auch ein Einhorn war da und ein Stier mit einem Menschenhaupt, ein Pelikan, ein Adler und ein großer Hund. Zu Aslans Füßen saßen zwei Leoparden, der eine trug die Krone, der andere die Standarte des Löwen.

Die Biber und die drei Kinder wußten nicht, was sie machen sollten, als sie Aslan erblickten. Wer nicht zuweilen in Narnia gelebt hat, kann sich nicht vorstellen, daß etwas gut und zugleich furchterregend sein kann. Hatten die Kinder sich das bisher ebensowenig vorstellen können, nun konnten sie es. Sie versuchten Aslan ins Antlitz zu sehn, doch hatten sie kaum einen Schimmer seiner goldenen Mähne und der großen herrlichen, königlichen, feierlichen Augen gesehn, so fanden sie auch schon, sie könnten ihn nicht länger anblicken, denn sie bebten innerlich vor Ergriffenheit.

»Geh voraus«, flüsterte der Biber.

»Nein«, wisperte Peter, »Sie zuerst!«

»Nein, die Adamssöhne kommen vor den Tieren«, raunte der Biber.

»Suse«, flüsterte Peter. »Wie wäre es mit dir? Damen zuerst!«

»Nein, du bist der Älteste«, wisperte Suse. Aber je länger sie zögerten, um so verlegener wurden sie. Schließlich beschloß Peter, den ersten Schritt zu wagen, zog sein Schwert, hob es zum Gruß und winkte den andern: »Kommt mit!« Er trat vor den Löwen hin und sagte: »Hier sind wir, Aslan.«

»Sei mir willkommen, Peter, Adamssohn, willkommen Suse und Lucy, ihr Evastöchter, willkommen Biber und Biberin.«

Seine Stimme war tief und voll. Alle Erregung wich von ihnen. Sie empfanden keine Verlegenheit mehr, als sie jetzt dastanden und gar nichts sagten.

»Doch wo ist der vierte?« fragte Aslan.

»Oh, Aslan«, sagte der Biber, »er versuchte die Kinder zu verraten und verbündete sich mit der Weißen Hexe.«

Peters Ehrlichkeit aber zwang ihn zu sagen: »Es war wohl teilweise mein Fehler. Aslan, ich war ärgerlich auf ihn, und das trug dazu bei, daß er Unrecht tat.«

Aslan erwiderte nichts, nichts um Peter zu entschuldigen, nichts um ihn zu tadeln, er schaute ihn bloß mit seinen großen, unwandelbaren Augen an, und allen dünkte es richtig, nicht weiter darüber zu sprechen.

»Bitte, Aslan«, bat Lucy, »kann man Edmund retten?«

»Es soll alles getan werden«, antwortete Aslan. »Doch es wird schwerer sein, als ihr denkt.« Dann schwieg er wieder eine Weile. Bis zu diesem Augenblick dachte Lucy, wie kraftvoll, wie friedlich sieht doch sein Antlitz aus, nun aber kam ihr in den Sinn, daß es auch voll Schwermut war, doch dann, im nächsten Augenblick war dieser Eindruck gänzlich verwischt. Der Löwe schüttelte seine Mähne, klatschte die Pfoten zusammen – schreckliche Pfoten, dachte Lucy, wenn er nicht samtig damit umginge – und sprach: »Bereitet unterdessen die Feier vor! Nehmt diese Töchter Evas in das Zelt, wartet ihnen auf und bedient sie.«

Als die Mädchen gegangen waren, legte Aslan seine Pfote auf Peters Schulter – und wiewohl sie samtweich war, wog sie doch sehr schwer. »Komm, Adamssohn«, sagte er, »ich will dir von ferne das Schloß zeigen, wo du König sein wirst.«

Und Peter, noch immer das bloße Schwert in der Hand, ging mit dem Leu zum Ostrand des Gipfels. Da ward seinen Augen ein herrlicher Anblick. Die Sonne ging hinter ihnen unter, das ganze Land lag im Abendlicht, Wälder, Hügel und Täler, und wie eine silberne Schlange wand sich der große Strom. Einige Meilen entfernt glitzerte das Meer, und über dem Meer war der Himmel voller Wolken, die sich im Sonnenschein rosa färbten. Aber dort, wo das Land Narnia mit dem Meer zusammenstieß, an der Mündung des Stromes, leuchtete etwas auf einem kleinen Hügel, es war ein Schloß. Es leuchtete, während sich die Sonne in den Peter zugekehrten Fenstern spiegelte.

Es liegt wie ein großer Stern auf dem Strande, dachte Peter.

»Das ist Feeneden, das Schloß der vier Throne«, sagte Aslan feierlich. »Auf einem Thron wirst du als König sitzen, denn du bist der Erstgeborene und wirst der oberste Herrscher sein.«

Wiederum sagte Peter nichts, denn im gleichen Augenblick unterbrach ein merkwürdiges Geräusch die Stille. Es glich einem Jagdhorn, nur war der Klang voller.

»Das ist deiner Schwester Horn«, sagte Aslan zu Peter

mit leiser Stimme. (Sie klang fast wie ein Schnurren, doch ist es unangebracht, einen Löwen mit einer Katze zu vergleichen.)

Zuerst verstand Peter ihn nicht. Dann sah er, wie die andern Geschöpfe alle in einer Richtung vorwärts eilten. Aslan jedoch winkte ihnen mit seiner Pfote. »Zurück mit euch! Der Prinz soll sich seine Sporen verdienen.« Da begriff er alles und rannte, so schnell er nur konnte, zu dem Zelt zurück. Was er sah, war fürchterlich.

Die Najaden und Dryaden stoben nach allen Richtungen auseinander, Lucy lief auf Peter zu, so schnell sie ihre kleinen Beine nur tragen konnten. Ihr Gesicht war kreidebleich. Dann sah er, wie Suse auf einen Baum zusprang und sich hinaufschwang, ein ungeheuer großes, graues Tier verfolgte sie. Zuerst hielt Peter das Tier für einen Bären, dann für einen Wolfshund, doch eigentlich war es dafür viel zu groß, und nun wurde ihm klar: es war ein Wolf. Er stand auf seinen Hinterpfoten, die Vorderpfoten an den Baumstamm gestützt. Er schnappte und fauchte, die Haare auf seinem Rücken sträubten sich. Suse war nicht höher gekommen als bis zum zweiten dicken Ast. Ein Bein hing so weit herunter, daß ihr Fuß nur um ein geringes von den schnappenden Wolfszähnen entfernt war. Peter fragte sich: Warum klettert sie nicht höher, um einen besseren Halt zu finden? Da merkte er, daß sie vor Angst fast ohnmächtig war, und wenn sie in Ohnmacht fiele, würde sie hinunterstürzen.

Peter fühlte sich gar nicht sehr mutig. Es wurde auch ihm wirklich schlecht vor Angst, aber ohne das zu beachten, tat er genau das, was er tun mußte: er stürzte sich auf das Ungeheuer und versetzte ihm mit seinem Schwert einen Schlag. Rasch wie der Blitz drehte sich der Wolf nach ihm um. Der Schlag hatte ihn nicht arg getroffen, aber seine Augen flammten, sein Maul stand weit offen, er heulte vor

Wut. Er war so wütend, daß ihm nichts anderes einfiel, als loszuheulen, anstatt Peter sofort an die Kehle zu springen. Peter hatte keine Zeit zu überlegen, es ging alles viel zu rasch. Er beugte sich vor und stieß sein Schwert, so stark er nur konnte, dem Wolf zwischen den Vorderpfoten mitten ins Herz hinein.

Ein beklemmender Augenblick der furchtbarsten Verwirrung folgte, und alles war wie ein böser Traum. Der Wolf schien weder tot noch lebendig, seine gefletschten Zähne stießen gegen Peters Stirn, der zerrte und rüttelte das Tier, sah nichts als Blut und fühlte heißen Dunst und wildes Fell. Doch zu guter Letzt merkte er, daß das Ungeheuer verendet war. Peter zog und riß, und als er das Schwert aus der Wunde gezogen hatte, richtete er sich auf, streckte seinen Rücken, rieb sich den Schweiß aus dem Gesicht und die Tränen aus den Augen. Er fühlte sich elend und war vollständig erschöpft.

Nach einer kleinen Weile kam dann Suse vom Baum herunter. Peter und sie waren tief ergriffen, umarmten und küßten sich und weinten dabei. Keiner in Narnia schämte sich dieser Tränen.

»Schnell, schnell«, erscholl Aslans Stimme. »Zentaur, Adler, dort hinten im Dickicht sehe ich einen andern Wolf. Ihm nach, alle zusammen! Er wird zu seiner Herrin eilen. Jetzt ist euer Augenblick gekommen, die Hexe aufzuspüren und den vierten Adamssohn zu befreien.« Augenblicklich verschwanden die schnellsten der Geschöpfe mit donnernden Hufen und rauschenden Flügeln in der zunehmenden Dunkelheit.

Peter, noch immer nach Atem ringend, drehte sich um und sah Aslan neben sich.

»Du hast vergessen, dein Schwert zu reinigen.«

Tatsächlich, Peter errötete, als er auf die funkelnde Klinge blickte, die von Blut und Wolfshaaren ganz verschmiert war. Er bückte sich nieder, wischte sie mit Gras sauber, und zuletzt rieb er sie mit seinem Mantel nach.

»Gib mir dein Schwert, Adamssohn«, befahl Aslan, und als Peter es tat, gab Aslan ihm mit der flachen Klinge den Ritterschlag und sprach: »Erhebe dich, Ritter Peter Wolfsgeißel, und was immer auch geschieht, vergiß niemals, dein Schwert zu reinigen.«

Tiefer Urzauber aus der Zeiten Dämmerung

Nun wieder zu Edmund. Nachdem man ihn gezwungen hatte, viel weiter zu gehn, als er überhaupt jemals für möglich gehalten hätte, daß man laufen könne, machte die Hexe endlich in einem dunkeln Tal halt, es war dicht beschattet von Tannen und Eiben. Edmund ließ sich zu Boden fallen und blieb mit dem Gesicht auf der Erde liegen. Er konnte kein Glied mehr rühren, spürte nicht einmal Hunger und Durst mehr. Er war zu müde. Es kümmerte ihn nicht, was um ihn herum geschah, wenn sie ihn nur ruhig liegen ließen. Dicht neben ihm flüsterten die Hexe und der Zwerg miteinander.

»Nein«, sagte der Zwerg. »Es ist nicht mehr möglich, o Königin! Sie müssen den Steintisch inzwischen erreicht haben.«

»Vielleicht spürt uns der Wolf auf und überbringt Nachrichten«, sagte die Hexe.

»Die Nachrichten können nicht gut sein«, antwortete der Zwerg.

»Vier Throne sind in Feeneden«, murmelte die Hexe. »Wenn nun nur drei besetzt sind? Dann ist die Prophezeiung nicht voll erfüllt.«

»Was macht das schon für einen Unterschied, nun *er* hier ist«, sagte der Zwerg. Selbst jetzt wagte er nicht, den Namen Aslan vor seiner Herrin auszusprechen.

»Möglicherweise bleibt er nicht lange, dann könnten wir die drei auf Feeneden überfallen.«

»Wäre es nicht viel besser«, sagte der Zwerg, »den da zu behalten?« Hier gab er Edmund einen Fußtritt. »Wir könnten ihn als Geisel benutzen.«

»Und ihn dadurch retten!« höhnte die Zauberin.

»Dann sollten wir besser, was getan werden muß, sofort tun«, zischte der Zwerg.

»Ich hätte es lieber auf dem Steintisch getan«, meinte die Zauberin. »Das ist der rechte Ort dafür. Seit jeher geschah es dort.«

»Es kann lange dauern, bis der Steintisch uns wieder zugänglich ist«, sagte der Zwerg.

»Das ist wahr!« antwortete die Hexe. »Also los«, fuhr sie fort, »fangen wir damit an.«

In diesem Augenblick stürzte fauchend und schnaubend ein Wolf auf sie zu und keuchte mit versagender Stimme: »Ich hab' sie gesehn. Am Steintisch sind alle mit ihm zusammen. Sie haben meinen Hauptmann, Maugrim, umgebracht. Ich war im Gebüsch verborgen und habe alles mit angesehn. Einer der Adamssöhne tötete ihn. Flieht, flieht!«

»Nein«, schrie die Hexe, »keine Flucht! Lauf rasch und biete alle meine Verbündeten auf. Sie sollen so schnell wie möglich zu mir hierher kommen. Rufe sie auf, die Riesen und Werwölfe, die Geister aller Bäume, die auf unserer Seite stehn. Rufe sie auf, die Gespenster und Menschenfresser, rufe sie auf, die Stierleibigen und Phantome, die Vampire und Dämonen, die Hexen, Furien und das Volk der Giftpilze! Wir werden kämpfen! Wozu habe ich immer noch meinen Zauberstab? Kann ich ihre Reihen nicht, wenn sie anstürmen, in Stein verwandeln? Rasch, eile von dannen! Wenn du weg bist, habe ich noch eine Kleinigkeit hier zu vollenden.«

Das große Tier verneigte sich vor ihr, machte kehrt und galoppierte davon.

»Und nun laß mich überlegen«, hub die Hexe an. »Wir haben keinen Tisch, aber wir können das Nötige ebensogut an einem Baum vollziehn.«

Edmund wurde mit roher Gewalt auf die Beine gestellt, dann schob ihn der Zwerg mit dem Rücken an einen Baum und band ihn fest. Er sah, wie die Hexe ihren Mantel abnahm. Ihre Arme darunter waren völlig nackt und unheimlich weiß. Es war so dunkel im Tal unter den Bäumen, er konnte nichts anderes erkennen als dieses furchtbare Weiß.

»Bereite das Opfer«, befahl die Hexe. Der Zwerg öffnete Edmunds Halskragen und schlug das Hemd im Nacken zurück. Dann packte er Edmund am Haar und riß seinen Kopf nach hinten, so daß Edmund das Kinn heben mußte. Gleich darauf vernahm er ein seltsames Geräusch... ritsch... ratsch... ritsch... ratsch. Zuerst wußte er nicht, was es war. Dann begriff er: sie schliff ein Messer.

Aber gerade in diesem schrecklichen Augenblick hörte er von allen Seiten laute Rufe, Hufgeklapper, Flügelrauschen, einen Wutschrei der bösen Hexe, ringsum ein wüstes Durcheinander, und dann wurde er losgebunden. Feste Arme schlangen sich um ihn, und er hörte beruhigende, freundliche Stimmen.

»Legt ihn nieder!« – »Gebt ihm Wein!« – »Trink das!« – »Nur ruhig!« – »In einer Minute bist du wieder wohlauf.«

Dann sprachen die Stimmen nicht mehr zu ihm, sondern untereinander. »Wo ist die Hexe?« – »Ich dachte, du hast sie?« – »Ich wand ihr das Messer aus der Hand und sah sie danach nicht mehr. Ich war hinter dem Zwerg her... glaubst du, sie ist entflohn? Man kann doch nicht an alles auf einmal denken!« – »Da, was ist das? Ach, entschuldige, es ist nur ein alter Baumstumpf.« Doch dann fiel Edmund in tiefe Ohnmacht.

Kurz darauf zogen die Zentauren, Einhörner, die Hirsche und alle Vögel, die Aslan zu Edmunds Befreiung ausgeschickt hatte, wieder ab und nahmen ihn mit, um an den Steintisch zurückzukehren. Hätten sie gesehn, was sich nach ihrem Abzug in dem Tal ereignete, ich glaube, sie hätten sich sehr gewundert...

Es war vollkommen still geworden ringsumher, bald ließ sich der Mond wieder sehn. Wäret ihr dort gewesen, so hättet ihr im Mondlicht vielleicht einen alten Baumstumpf und einen ziemlich dicken Felsblock bemerkt, und ihr wäret vielleicht stutzig geworden. Mit dem Baumstumpf und dem Felsblock stimmte etwas nicht. Der Stumpf glich einem kleinen fetten, auf dem Boden kauernden Mann, und hättet ihr genauer hingesehn, wäret ihr nachdenklich geworden, und ihr hättet beobachtet, wie der Baumstumpf zum Felsblock hinüberging. Dieser erhob sich und fing an, mit dem Stumpf zu reden, denn in Wirklichkeit waren der Baumstumpf und der Felsblock nichts anderes als die Hexe und der Zwerg. Es war ihr Zauberwerk, daß sie die Dinge anders erscheinen ließ, als sie waren, und im entscheidenden Augenblick, als man ihr das Messer aus der Hand geschlagen hatte, benutzte sie rasch ihren Zauberstab und rettete sich und zugleich den Zwerg und natürlich auch den Stab.

Als die andern Kinder am nächsten Morgen aufwachten – sie hatten in dem Zelt auf ganzen Bergen von Kissen geschlafen –, hörten sie als erstes von der Frau Biberin, daß ihr Bruder vergangene Nacht gerettet und in das Lager gebracht worden sei. Gerade sei er bei Aslan. Nachdem sie gefrühstückt hatten, gingen sie hinaus und sahen Aslan und Edmund im taufrischen Gras miteinander auf und ab spazieren. Sie hatten sich von den übrigen Hofleuten

abgesondert, und es ist gar nicht notwendig, euch zu erzählen – zumal es ja niemand hörte –, was Aslan und er zusammen redeten; doch vergaß Edmund diese Unterredung niemals. Als die übrigen sich Aslan näherten, wandte sich dieser ihnen zu, um sie zu begrüßen, Edmund an seiner Seite.

»Hier habt ihr euern Bruder zurück«, sagte er. »Es ist überflüssig, mit ihm über das Vergangene zu sprechen.«

Edmund schüttelte jedem die Hand und sagte einem nach dem andern: »Es tut mir leid, verzeiht mir!« Und jeder antwortete: »Schon recht!« Und dann wollte jeder noch gern einige gute Worte sagen, etwas ganz Einfaches und Natürliches, Edmund sollte wissen, daß sie ihm nichts nachtrugen. Natürlich fiel keinem etwas Rechtes ein, und bevor sie noch Zeit hatten, in Verlegenheit zu geraten, trat einer der Leoparden auf Aslan zu und berichtete: »Herr, ein Bote ist vom Feind gekommen und bittet um Gehör.«

»Laß ihn nähertreten«, sagte Aslan.

Der Leopard lief fort und kam bald mit dem Zwerg der Hexe zurück.

»Was bringst du für eine Botschaft, Sohn der Erdtiefe?« fragte Aslan.

»Die Königin von Narnia, die Kaiserin der Einsamen Inseln, wünscht sicheres Geleit, um mit Euch zu reden«, antwortete der Zwerg, »was für Euch beide gleich wichtig ist.«

»Königin von Narnia?« brummte der Biber. »So eine Unverschämtheit!«

»Halt Frieden, Biber«, ermahnte Aslan. »Bald wird alles den Namen haben, der ihm zukommt, inzwischen wollen wir nicht darüber streiten. Sage deiner Herrin, Erdsohn, daß ich ihr sicheres Geleit zubillige unter der Bedingung, daß sie ihren Stab bei jener großen Eiche dort zurückläßt.«

Dies wurde zugestanden, und die beiden Leoparden

begleiteten den Zwerg auf seinem Rückweg, um sich zu überzeugen, daß die Bedingung wirklich eingehalten wurde.

»Hoffentlich versteinert sie die beiden Leoparden nicht«, flüsterte Lucy Peter zu. Ich glaube, die Leoparden fürchteten sich auch. Sie liefen mit gesträubtem Fell, und ihr Schwanz stand so steil in die Luft wie bei einer Katze, die einem fremden Hund begegnet.

»Es wird alles gutgehn«, flüsterte Peter zurück. »Aslan hätte sie sonst nicht geschickt!«

Wenige Minuten später schritt die Hexe selbst den Hügel hinan und trat geradewegs vor Aslan hin. Den drei Kindern, die sie nie zuvor gesehn hatten, lief es eiskalt den Rücken herunter, als sie ihr ins Gesicht blickten. Unter den Tieren entstand Unruhe, trotz des hellen Sonnenscheins froren sie plötzlich alle. Nur Aslan und die Hexe selbst schienen ganz ruhig. Es war merkwürdig, das goldene Antlitz Aslans und das totenblasse Gesicht der Hexe so nahe beieinander zu sehn. Immerhin – das fiel der Biberin besonders auf – konnte die Hexe Aslan nicht recht ins Auge blicken.

»Ihr habt einen Verräter bei euch, Aslan«, begann die Hexe.

Jeder wußte sofort, daß sie Edmund meinte. Edmund selbst aber, der nach allem, was hinter ihm lag, und besonders seit der Unterredung am Morgen, nicht mehr unablässig an sich selbst dachte, blickte Aslan ruhig an. Was die Hexe sagte, schien ihn nicht zu berühren.

»Sein Verrat richtet sich nicht gegen Euch«, bemerkte Aslan.

»Hast du den tiefen Urzauber der dämmernden Vorzeit vergessen?« fragte die Hexe.

»Nimm an, ich hätte ihn vergessen«, antwortete Aslan würdevoll. »Erzähl uns davon!«

»Dir davon erzählen!« schrie die Hexe, ihre Stimme

wurde immer schriller. »Dir erzählen, was hier gerade neben uns auf dem Steintisch eingegraben ist? Sind diese Buchstaben nicht so tief eingeritzt wie eine Speerbreite? Eingeritzt auf dem Feuerstein des Geheimen Hügels! Dir erzählen, was auf dem Zepter des Herrschers jenseits der Meere eingeätzt wurde? Du kennst den tiefen Urzauber, den der Herr der Herren bei Weltbeginn Narnia auferlegt hat. Du weißt genau, daß jeder Verräter laut Gesetz mir gehört, daß ich das Recht habe, jeden Treubruch zu richten. Ich habe das Recht zu töten. Du bist der letzte, der das vergißt.«

»Oooh«, stöhnte der Biber. »Oooh, deshalb bildet sie sich ein, Königin zu sein, weil sie die Henkerin des Herrn der Herren ist.«

»Halt Frieden, Biber«, ermahnte Aslan, leise grollend.

»Und deshalb«, fuhr die Hexe fort, »gehört dieses Menschenwesen mir. Sein Leben ist mir verfallen, und sein Blut ist mein Eigentum.«

»Komm her und nimm ihn dir«, brüllte der Stier mit Menschenkopf.

»Du Narr«, sagte die Hexe mit einem Gelächter, das fast wie ein Schnauben anhub. »Glaubst du wirklich, dein Herr könnte mich durch stärkere Kräfte meiner Rechte berauben? Er kennt den Urzauber besser. Er weiß, daß ganz Narnia von Feuer und Wasser verzehrt wird und untergeht, wenn ich kein Blut habe, nach dem Geheiß des Gesetzes.«

»Das ist wirklich wahr«, sagte Aslan leise. »Ich leugne es nicht.«

»O Aslan«, flüsterte Suse dem Löwen ins Ohr. »Könnten wir, wünschst du, willst du, daß wir etwas gegen den Urzauber unternehmen? Kannst du nicht etwas dagegen tun?«

»Etwas tun gegen den Willen des Herrn der Herren?«

Aslan wandte sich ihr mit gerunzelter Stirne zu, und keiner versuchte einen neuen Vorschlag.

Edmund stand an Aslans Seite. Er blickte ihn die ganze Zeit unverwandt an, aber die Worte blieben ihm in der Kehle stecken. Er erkannte, daß man von ihm nichts anderes erwartete, als zu erdulden, was verlangt wurde.

»Tretet alle zurück«, befahl Aslan, »und laßt mich mit der Hexe allein!«

Sie gehorchten. Dies Warten, die Ungewißheit, diese schreckliche Spannung, während der Löwe und die Hexe leise miteinander redeten, waren entsetzlich. Lucy stöhnte. »O armer Edmund«, klagte sie und weinte. Peter drehte den andern den Rücken zu und starrte auf das ferne Meer. Die Biber hielten sich mit geneigten Köpfen an den Pfoten, die Zentaure stampften unruhig mit den Hufen. Doch endlich wurde es still, so still, daß man jeden leisesten Ton vernommen hätte, das Fallen eines Blattes im Wind, das Vorbeistreichen einer Hummel oder einen Vogelruf, tief unten im Wald. Und noch immer währte das Gespräch zwischen Aslan und der Hexe.

Endlich hörten sie Aslans Stimme. »Ihr könnt alle zurückkommen. Ich habe es geordnet. Sie verzichtet auf eures Bruders Blut.«

Ein Aufatmen ging durch die versammelten Scharen, die so lautlos auf dem Hügel verharrt hatten. Dann begannen alle untereinander zu murmeln.

Die Hexe, schon im Fortgehen, drehte sich mit einem Ausdruck wilden Triumphes noch einmal um und rief: »Doch woher weiß ich, ob das Versprechen eingehalten wird?«

Da erhob sich Aslan, öffnete weit seinen mächtigen Rachen, ließ seine Stimme hören, und der brüllende Donner wurde lauter und lauter. Einen Atemzug lang starrte ihn die Hexe mit offenem Munde an, dann hob sie ihre Röcke hoch und rannte, als ginge es um ihr Leben.

Die Hexe triumphiert

Die Hexe war kaum verschwunden, da sagte Aslan: »Wir müssen sofort aufbrechen, dieser Ort hat einem anderen Zweck zu dienen. Wir werden heute nacht beim Berunafjord unser Lager aufschlagen.«

Natürlich hätte jeder für sein Leben gern gewußt, was Aslan mit der Hexe abgemacht hatte, aber sein Antlitz war streng, und der Donner seiner Stimme klang noch in allen Ohren nach, keiner wagte eine Frage.

Nachdem sie auf der Höhe des Hügels im Freien geschmaust – die Sonne war schon heiß und trocknete das Gras –, waren sie eine Weile eifrig damit beschäftigt, das Zelt abzubrechen und alles einzupacken. Kurz nach dem Mittagessen wanderten sie nordwärts. Sie gingen gemächlich, denn ihr Weg war nicht weit.

Unterwegs erklärte Aslan Peter sein Vorhaben: »Sobald sie hier durchgesetzt hat, was sie wollte, wird sie sich mit ihrer Sippschaft ziemlich sicher in ihre Behausung zurückziehen und sich dort auf eine Belagerung vorbereiten. Es ist nun die Frage, ob du sie daran hindern kannst oder nicht. Es gibt zwei Möglichkeiten: Du kannst gegen die Hexe und ihre Sippschaft hier im Wald kämpfen oder ihren Sitz angreifen.« Auf der ganzen Wanderung unterwies er Peter in den Dingen, die er unternehmen sollte. Er riet ihm: »Du mußt Späher ausschicken, die genau beobachten, was sie unternimmt, und die Zentauren mußt du da und dort aufstellen.«

»Ihr selbst werdet doch dabei sein, Aslan?« fragte Peter.

»Das kann ich dir nicht versprechen«, antwortete der Leu, und dann gab er ihm weitere Ratschläge.

Erst am Ende des Weges gelang es Suse und Lucy,

neben Aslan zu gehn, aber er sprach nicht viel. – Er schien ihnen traurig.

Es war noch Nachmittag, als sie zu der Stelle gelangten, wo das Flußtal breiter wurde und der Strom seichter und langsamer floß. Hier war der Fjord von Beruna, und Aslan gab Befehl, auf dem diesseitigen Ufer haltzumachen.

Doch Peter fragte: »Wäre es nicht ratsamer, auf der andern Seite zu lagern? Ich fürchte, die Hexe wird versuchen, während der Nacht anzugreifen.« Aslan, der allem Anschein nach seine Gedanken ganz anderswo hatte und zerstreut und abwesend schien, schüttelte seine herrliche Mähne und fragte: »Was hast du gesagt?« Peter wiederholte.

»Nein, in dieser Nacht wird sie nicht angreifen«, antwortete Aslan mit tonloser Stimme, aber bald danach fügte er hinzu: »Dein Vorschlag war richtig, so hat ein Soldat zu überlegen, doch in Wirklichkeit hat es nichts zu besagen.«

Und so gingen sie daran, ihr Lager aufzuschlagen. Aslans Schwermut übertrug sich an dem Abend auf alle. Peter war es bange, den Kampf allein auszufechten. Daß er ohne Aslan zurechtkommen müsse, war ein schwerer Schlag für ihn. Das Abendessen ging in Stille vorbei, und alle empfanden den großen Unterschied zwischen der gestrigen Nacht und dem heutigen Morgen. Die gute Zeit, soeben erst angebrochen, war schon wieder zu Ende.

Suse empfand dies so schwer, daß sie nicht schlafen konnte. Sie lag da und zählte Schäfchen bis hundert, und nochmals bis hundert, drehte sich um und noch einmal um, und da hörte sie Lucy in der Dunkelheit einen langen Seufzer ausstoßen. Sie wandte sich ihr zu: »Kannst du auch nicht schlafen?«

»Nein«, antwortete Lucy. »Ich dachte, du schläfst. Hör einmal, Suse!«

»Was gibt's denn?«

»Ich habe ein schreckliches Gefühl, so als ob uns etwas Furchtbares drohte.«

»Ich auch.«

»Es hat mit Aslan zu tun«, setzte Lucy fort. »Entweder steht ihm etwas Gräßliches bevor, oder er selbst tut etwas Schreckliches.«

»Heute nachmittag war etwas mit ihm nicht in Ordnung«, flüsterte Suse. »Ach, Lucy, was meint er damit, daß er nicht mit uns sein wird, wenn der Kampf losgeht? Glaubst du am Ende, er will heimlich fort und läßt uns im Stich?«

»Wo ist er nur?« fragte Lucy. »Hier im Zelt?«

»Ich glaube kaum.«

»Suse, gehn wir hinaus, und schauen wir uns um. Vielleicht sehn wir ihn.«

»Meinetwegen, das ist genausogut, wie wenn wir hier wach liegen.«

Recht behutsam suchten sich die beiden kleinen Mädchen ihren Weg zwischen den andern Schläfern und schlichen hinaus. Der Mond war hell, und alles war sehr still, bis auf den Fluß, der über die Steine plätscherte.

Da packte Suse Lucys Arm. »Schau!«

Weit vom Lager, genau dort, wo der Wald begann, sahen sie im Mondschein den Löwen, wie er langsam hinschritt, weg von ihnen, in das Dickicht hinein. Wortlos folgten sie ihm. Er verließ das Flußtal, stieg einen steilen Abhang hinauf und wählte anscheinend denselben Weg, den sie nachmittags hügelabwärts vom Steintisch aus gekommen waren.

Weiter und immer weiter folgten sie ihm, durch dunklen Schatten in helles Mondlicht hinein. Der Tau näßte ihre Füße. Es war nicht mehr der Aslan, den sie kannten. Kopf und Schweif waren gesenkt, und er schritt so langsam, als sei er sehr, sehr müde. An einer lichten Stelle, wo keinerlei

Schatten die Kinder verbarg, blieb Aslan stehn und blickte sich um. Es war nicht mehr möglich wegzulaufen, so traten sie auf ihn zu.

»Oh, Kinder, Kinder, warum folgt ihr mir?«

»Wir konnten nicht schlafen«, antwortete Lucy. Es war sicher nicht notwendig, Aslan mehr zu sagen. Er wußte immer alles, was sie dachten.

»Willst du uns nicht erlauben, mit dir zu gehn, wohin du auch gehn magst?« bat Suse.

»Mm«, sagte Aslan und schien nachdenklich. »Ich wäre froh, diese Nacht nicht allein zu sein. Gut, kommt mit, aber ihr müßt mir versprechen, mich meinen Weg allein weitergehn zu lassen, sobald ich es euch sage.«

»Oh, danke schön, oh, vielen Dank«, sagten die Mädchen. »Wir versprechen es.«

Sie gingen wieder weiter, die eine auf der einen, die andere auf der andern Seite des Löwen. Aber wie gar langsam ging er!

Plötzlich stolperte er und stöhnte tief auf.

»Aslan, lieber Aslan«, sagte Lucy. »Was hast du nur? Kannst du es uns nicht sagen?«

»Bist du krank, lieber Aslan?« fragte Suse.

»Nein«, sagte Aslan. »Legt eure Hände auf meine Mähne, damit ich fühle, daß ihr da seid, und dann wollen wir weitergehn.«

Ohne Aslans Erlaubnis hätten sie nie gewagt, ihn zu berühren, aber von der ersten Begegnung an hatten sie sich gewünscht, ihn zu streicheln und mit den Händen in seine prachtvoll wallende Mähne zu greifen. Nach einer Weile gewahrten sie, daß sie den Hang zum Steintisch hinaufstiegen.

Sie gingen bis dorthin, wo die Bäume fast bis zur Anhöhe wachsen, und als sie den letzten Baum erreicht hatten – er war von Unterholz umgeben –, blieb Aslan stehn und sprach: »Kinder, liebe Kinder, hier müßt ihr zurückbleiben. Und was auch immer geschieht, laßt euch nicht blicken. Lebt wohl!«

Die beiden Mädchen weinten bitterlich, obgleich sie kaum wußten, warum. Sie umschlangen den Löwen, streichelten seine Mähne, seine Pfoten und blickten in seine großen, traurigen Augen. Dann wandte er sich von ihnen ab und trat auf die Rasenfläche hinaus. Suse und Lucy kauerten im Gebüsch und schauten ihm nach.

Dies ist, was sie sahen:

Um den Steintisch herum stand ein dichtes Gewimmel seltsamer Wesen, und obgleich der Mond schien, trug manch einer von ihnen Fackeln, die mit düster roten Flammen und schwarz schwelendem Rauch flackerten.

Aber ach, was für Wesen waren das: Menschenfresser mit ungeheuren Hauern, riesige Wölfe und stierköpfige Männer, die Geister unguter Bäume und giftiger Pflanzen, Wüteriche und Hexen, Nachtmahre, Gespenster, Lemuren und Furien, Unholde, Albe, Kobolde, Schwarzelben, Schratte, Dämonen, Vampire und anderes Gewese, das ich aber nicht beschreiben kann, sonst würden euch die Erwachsenen das Buch nicht weiterlesen lassen. Das waren die Anhänger der Hexe, und sie waren auf ihr Geheiß vom Wolf herbeigerufen worden. Mitten unter ihnen, aufrecht neben dem Tisch, stand die Hexe.

Als sie den großen Leu herankommen sahen, hob zuerst ein bestürztes Heulen und Jaulen an, und einen Augenblick lang schien sogar die Hexe vor Schreck erstarrt zu sein. Dann riß sie sich zusammen und stieß ein grimmig wildes Lachen aus.

»Der Narr«, schrie sie, »der Narr ist gekommen! Fesselt ihn!«

Lucy und Suse hielten den Atem an. Sie warteten auf Aslans Donnergegroll, sie hofften, daß er auf seine Feinde zuspränge, aber nichts dergleichen geschah. Vier grinsende, schielende Hexen nahten ihm. Zuerst zauderten sie, immer noch von Angst erfüllt, und wußten nicht, wie sie sich verhalten sollten.

»Vorwärts! Fesselt ihn!« wiederholte die Weiße Hexe.

Die Hexen sprangen mit kurzen Sätzen auf ihn zu, sie kreischten und jubelten, denn sie stießen auf keinen Widerstand. Dann eilten böse Zwerge und Affen herbei, um den Hexen zu helfen. Sie wälzten gemeinsam das Riesentier auf seinen Rücken und banden ihm die vier Pfoten zusammen. Dabei johlten und grölten sie, als vollbrächten sie Heldentaten. Es wäre ihr Tod gewesen, hätte der Löwe auch nur eine Pfote gegen sie erhoben. Doch alles ertrug er lautlos, sogar als seine Feinde ihn an den Stricken rissen und zerrten und sie so straff anzogen, daß sie ihm ins Fleisch schnitten. Dann schleppten sie ihn zum Steintisch.

»Halt!« befahl die Weiße Hexe. »Er soll erst geschoren werden!«

Unter ihrem Gefolge erhob sich gemeines Gelächter, als ein ekelhafter Menschenfresser mit einer großen Schere herbeikam und sich neben Aslans Kopf hinkauerte.

»Schnipp schnapp, schnipp schnapp« machte die Schere, und eine Fülle goldener Locken fiel zur Erde. Dann trat der Menschenfresser zurück, und die Kinder konnten aus ihrem Versteck Aslans Antlitz sehn. Nun sah er ganz mager und ganz anders aus als mit seiner wogenden Mähne. Auch seine Gegner merkten den Unterschied.

»Heh, heh, zu guter Letzt ist er bloß eine große Katze!« schrie einer von ihnen.

»Und vor der haben wir uns gefürchtet!« brüllte ein anderer.

Alle umdrängten Aslan und verspotteten ihn. »Miau, miau, wie viele Mäuse hast du heute gefangen, du armes Miezekätzchen?«

»Willst du ein Schälchen Milch, Mieze-Muze?«

»Ach, wie können sie nur«, klagte Lucy und Tränen strömten über ihre Wangen. »Diese Rohlinge!«

Das geschorene Antlitz Aslans sah schöner und geduldiger aus denn je zuvor.

»Legt ihm einen Maulkorb an!« befahl die Hexe. Sogar jetzt, wo sie an ihm herumarbeiteten und ihm den Maulkorb anzwängten, hätte ein einziger Biß seines Rachens sie mehrere Gliedmaßen kosten können. Doch er regte sich nicht. Das aber schien das Gesindel zu ärgern. Alle stürzten sich nun auf ihn, selbst diejenigen, die sich bisher noch gefürchtet hatten. Aber nachdem er so gefesselt und mit einem Maulkorb vor ihnen lag, wurden sie mutiger, und eine Weile lang konnten die beiden Mädchen Aslan nicht einmal mehr sehn, so dicht war er umringt von diesem scheußlichen Gewimmel, das ihn mit Füßen trat, ihn stieß, ihn bespuckte und üblen Spott mit ihm trieb. Dann fesselten sie ihn enger und zogen die Stricke immer stärker an. Er glich nun tatsächlich nur noch einem Knäuel von Stricken.

»Oh, diese Feiglinge, diese Feiglinge«, schluchzte Suse. »Sogar jetzt haben sie noch Angst vor ihm.«

Endlich hatte das Gesindel seine häßlichen Späße satt. Sie schleppten den gefesselten Löwen mit seinem Maulkorb zum Steintisch. Einige zogen, andere schoben nach, er war zu gewaltig, und sie erschöpften alle ihre Kräfte, um ihn auf die Steintafel zu heben.

Sobald Aslan auf dem flachen Tische lag, erstarrte die Menge in Stille. Vier Furien, vier Fackeln in den Händen, standen an den vier Ecken des Tisches. Die Hexe entblößte wieder ihre Arme, genau wie in der vergangenen Nacht, als es um Edmund und nicht um Aslan ging. Dann wetzte sie ihr Messer, die Kinder sahen das Messer im Fackelschein. Es schien nicht von Stahl, sondern von Stein zu sein und sah unheimlich und seltsam böse aus.

Endlich trat sie nahe an ihn heran und stand ihm zu Häupten. Ihr Gesicht zuckte krampfhaft und war vor Wut verzerrt. Das seine blickte still zum Himmel empor, ohne Groll, ohne Furcht. Da beugte sie sich nieder und rief, ehe sie zum Schlag anhob, mit bebender Stimme: »Wer ist nun obenauf? Hast du, mit all deinem Getue, geglaubt, daß du den verräterischen Menschen retten kannst? Nun hast du zu sterben, so wie wir abgemacht haben, auf daß der Urzauber befriedigt werde. Aber wenn du erst einmal tot bist, wer will mich hindern, auch ihn umzubringen? Begreifst du, daß du mir Narnia für immer ausgeliefert hast? Dein eigenes Leben hast du verloren und seines nicht gerettet. In diesem Bewußtsein magst du verzweifeln und sterben.«

Die Kinder sahen nicht, wie sie ihn tötete. Sie konnten den Anblick nicht ertragen und hatten ihre Augen verhüllt.

Noch tieferer Zauber aus der Zeiten Dämmerung

Während die beiden kleinen Mädchen noch in den Büschen kauerten, das Gesicht in den Händen, hörten sie die Hexe rufen: »Mir nach und auf in den letzten Kampf! Noch eine kurze Weile, und wir haben das Menschengezücht ausgerottet, jetzt, da der große Narr, diese Riesenkatze, tot ist.«

Da schwebten die beiden Kinder einige Sekunden lang in großer Gefahr, denn mit wildem Geschrei, gellendem Pfeifen und schrillem Hörnerklang fegte das gemeine Pack gerade an ihrem Versteck vorbei hügelabwärts. Sie fühlten die Gespenster wie einen kalten Wind an sich vorüberstreichen. Der Boden bebte vom Galoppieren der Stiermenschen, und über ihren Köpfen schwirrte der garstige Flügelschlag schwarzer Geier und riesenhafter Fledermäuse. Zu jeder andern Zeit hätten sie vor Furcht gezittert, aber ihr Herz war zu voll von Trauer, Schrecken und Scham über Aslans Tod, und sie achteten kaum auf etwas anderes.

Sobald der Wald wieder still geworden war, erkletterten Suse und Lucy den Hügel. Der Mond war im Untergehn, leichte Wolken glitten über ihn hin, aber sie sahen gleich die Gestalt des toten Löwen in seinen Fesseln. Sie knieten beide im nassen Gras, sahen sein kaltes Gesicht und streichelten sein schönes Haar, soviel davon übriggeblieben war, und weinten, bis sie keine Tränen mehr hatten. Dann blickten sie sich an, faßten sich aus lauter Einsamkeit an den Händen, weinten aufs neue und verstummten abermals. Endlich sagte Lucy: »Ich kann den häßlichen Maulkorb nicht ertragen, können wir ihn nicht abnehmen?«

Sie versuchten es, und nach vielen Anstrengungen, ihre Finger waren starr vor Kälte, und es war stockfinstere Nacht, gelang es schließlich. Aber als sie sein Gesicht frei sahen, brachen sie von neuem in Tränen aus und liebkosten und hätschelten ihn abermals. Blut und Schaum wischten sie, so gut sie konnten, weg, und alles war unsagbar gottverlassen, unsagbar hoffnungslos, unsagbar grauenvoll.

»Ob wir ihm nicht auch die Fesseln abnehmen könnten?« fragte Suse.

Doch seine Gegner hatten aus purer Bosheit die Stricke so fest angezogen, daß sie keinen Knoten lösen konnten.

Ich hoffe, keiner, der dieses Buch liest, ist jemals so unglücklich und traurig gewesen wie Suse und Lucy in jener Nacht, aber wenn er jemals eine Nacht lang aufgeblieben ist und geweint hat, bis ihm die Tränen versiegten, dann wird er wissen: zu guter Letzt tritt Friede ein, so als ob niemals wieder irgend etwas geschehn könnte. Jedenfalls fühlten die beiden kleinen Mädchen es so.

Stunde um Stunde verstrich in tödlicher Stille. Sie spürten kaum, daß sie froren und daß es kälter und kälter wurde, aber endlich merkte Lucy, wie die Dunkelheit des Himmels sich im Osten erhellte. Es war nicht mehr ganz so schwarz wie vor einer Stunde, und an ihren Füßen sah sie im Gras etwas Winziges hin und her huschen. Zuerst achtete sie nicht darauf. Was bedeutete das schon? Jetzt war nichts mehr wichtig. Doch da sah sie, wie dieses Etwas sich dem Steintisch näherte, und was es auch sein mochte, es krabbelte jetzt sogar auf Aslans Leib herum. Sie betrachtete es genauer, es war etwas Kleines, Graues.

»Ihhh ihh«, rief Suse über den Tisch hinüber. »Wie ekelhaft! Da krabbeln widerliche kleine Mäuse über ihn hin. Weg mit euch, Geziefer!« und sie erhob die Hand, um sie zu verscheuchen.

»Warte«, bat Lucy, sie hatte die Tierchen genauer beobachtet. »Siehst du nicht, was sie tun?«

Beide Mädchen beugten sich nieder. »Ich glaube fast . . .«, begann Suse. »Ach, wie sonderbar! Sie nagen die Fesseln durch.«

»Das schien mir auch so«, sagte Lucy, »und ich glaube, es sind gute Mäuse. Ach, die armen kleinen Dinger wissen noch gar nicht, daß er tot ist. Sie denken, es nützt etwas, wenn sie ihn befreien.«

Es wurde nun wirklich heller, und auf einmal merkten die Kinder, wie blaß sie beide aussahen. Sie sahen, die Mäuse knabberten und nagten weiter. Viele, viele hundert Feldmäuse nagten ein Seil nach dem andern durch, indes die Sterne verblaßten und der Himmel weiß wurde. Nur ein großer Stern schwebte noch tief am östlichen Horizont. Suse und Lucy froren jetzt noch mehr als in der Nacht. Die Mäuse huschten lautlos davon, und die Mädchen räumten die zernagten Stricke beiseite. Befreit von ihnen, glich

Aslan wieder mehr sich selbst. Ja, von Minute zu Minute sah sein Antlitz edler aus, und jetzt, da es lichter wurde, konnten sie ihn deutlicher erkennen.

Hinter ihnen im Wald ließ ein Vogel einen lachenden Ruf ertönen. Es war viele Stunden lang so still gewesen, daß sie bei diesem Laut erschraken. Dann antwortete ein anderer Vogel, und bald erscholl allüberall Vogelsang. Der Morgen war angebrochen, die Nacht war vergangen.

»Mich friert«, klagte Lucy.

»Mich auch«, sagte Suse. »Laufen wir ein wenig auf und ab.«

Sie liefen bis zum östlichen Hügelrand und schauten hinab. Der eine große Stern war fast verschwunden. Das Land war noch tief in Grau, doch dahinter, am Rand der Welt, schimmerte das fahle Meer. Der Himmel rötete sich. Die beiden Mädchen liefen ungezählte Male hin und her, um sich zu erwärmen. Ach, wie müde waren alle ihre Glieder. Dann standen sie einen Augenblick still und schauten auf das Meer und Feeneden, das sie eben erst erkennen konnten. Dort, wo Meer und Himmel sich berührten, wandelte sich das Rot in Gold, und langsam stieg der Sonnenball empor. Da hörten sie hinter sich ein lautes Krachen.

Es war ein geradezu ohrenbetäubendes Geräusch, als zerschmettere ein Riese eine riesige Platte.

»Was war das?« fragte Lucy und griff nach Suses Arm.

»Ich ... ich ... habe Angst, mich umzudrehn«, stammelte Suse.

»Sie tun ihm noch mehr Böses an!« schrie Lucy.

Und sie wandte sich um, Suse dabei mit sich reißend.

Der Sonnenaufgang hatte alle Farben und Schatten verändert, so daß sie zunächst das Wichtigste nicht bemerkten. Plötzlich sahen sie es: der Steintisch war bei dem lauten Krachen in zwei Teile geborsten, und ein klaffender Sprung lief quer durch. Aslan war nicht mehr da.

»Oh, oh, oh«, klagten die beiden Mädchen und rannten zum Tisch zurück.

»Das ist zu gräßlich«, schluchzte Lucy. »Seinen Leichnam hätten sie doch in Frieden lassen können.«

»Wer hat das getan?« schrie Suse. »Was bedeutet das? Noch mehr Zauber?«

»Jawohl«, sprach eine volle Stimme hinter ihrem Rükken. »Ein noch tieferer Zauber!«

Sie schauten sich um. Leuchtend in der aufgehenden Sonne, gewaltiger denn je vorher, stand Aslan da. Er selbst! – Und er schüttelte seine Mähne, die anscheinend wieder gewachsen war.

»Oh, Aslan!« schrien die Kinder und starrten ihn beglückt und erschrocken an.

»Du bist also nicht tot, lieber Aslan?« fragte Lucy.

»Nicht mehr«, antwortete er.

»Und du bist kein Ge... Ge...?« fragte Suse mit zitternder Stimme. Sie brachte das Wort »Gespenst« nicht über die Lippen.

»Sehe ich so aus?« fragte Aslan. Er neigte sich und berührte mit den Lippen ihre Stirnen.

»Oh, du bist, du bist wirklich ganz, wirklich, Aslan!« rief Lucy.

Und die beiden Mädchen umarmten ihn und bedeckten sein mächtiges Haupt mit Küssen.

Sobald sie sich etwas beruhigt hatten, fragte Suse: »Aber was bedeutet das?«

»Es bedeutet, daß die Hexe vom Urzauber wohl Kenntnis hatte, aber keine Ahnung von jenem tieferen Zauber, der noch weit hinter dem Urzauber waltet. Ihre Kenntnis reicht nur bis zum Anfang der Zeit; hätte sie ein wenig weiter dahinter schauen können, in das Schweigen und die Finsternis vor der Zeiten Dämmerung, dann hätte sie den andern Zauberbann erspäht und hätte erkannt: wenn sich einer, der nichts verbrochen hat, freiwillig für einen Schuldigen opfert, dann bricht der Steintisch entzwei, und der Tod weicht zurück. Und nun...«

»Oh, fein«, rief Lucy. »Und was nun?« Sie sprang auf und klatschte in die Hände.

»Oh, Kinder«, rief der Löwe, »ich fühle meine Kräfte wieder! Fangt mich, wenn ihr könnt!« Seine Augen strahlten auf, und seine Glieder erbebten. Er schlug mit dem Schweif um sich. Dann duckte er sich, sprang hoch über ihre Köpfe und landete auf der andern Seite des Tisches.

Jauchzend, ohne recht zu wissen, warum, rannte Lucy zu ihm hinüber und versuchte ihn zu fassen, aber Aslan sprang wieder hoch, und eine tolle Jagd begann. Er hetzte sie rings um den Hügel herum. Es war aussichtslos, ihn zu fangen, nur seinen Schweif erwischten sie beinahe. Dann war er plötzlich dicht bei ihnen, schleuderte sie mit seinen mächtigen und schönen Samtpfoten in die Luft und fing sie wieder auf, und ebenso unvorhergesehen hielt er plötzlich inne, so daß sie übereinanderpurzelten. Ach, es war ja ein solch glücklich lachendes Durcheinander von Armen und Beinen, eine Ausgelassenheit, wie es sie eben nur in Narnia gibt. Und das Merkwürdigste dabei war: die Mädchen fühlten keinerlei Müdigkeit mehr, und als sie bald darauf schnaufend in der Sonne lagen, waren ihnen auch Hunger und Durst vergangen.

Da sagte Aslan: »Nun aber zu ernsteren Dingen! Ich habe das Bedürfnis zu brüllen. Stopft euch lieber die Finger in die Ohren!« Dann erhob er sich und öffnete seinen Rachen. Sein Anblick wurde so schrecklich, daß sie ihn kaum anzusehn wagten. Er brüllte! Die Bäume beugten sich vor seiner Stimme, wie das Gras auf der Wiese im Winde zittert. Dann sprach er:

»Wir haben einen weiten Weg vor uns. Ihr dürft auf mir reiten.«

Er bückte sich, und so konnten die Kinder auf seinen warmen, goldenen Rücken steigen. Vorn saß Suse, die hielt sich an seiner Mähne fest. Lucy saß dahinter und klammerte sich fest an Suse. Mit einem ungeheuren Satz erhob sich Aslan mit ihnen, und dann schoß er, schneller als das schnellste Roß, hügelabwärts in das Dickicht des Waldes hinein.

Dieser Ritt war wohl das Wunderbarste, was sie in Narnia erlebten. Seid ihr jemals auf einem Pferd Galopp geritten? Nun, stellt es euch vor, denkt daran, aber statt an klappernde Hufe und knirschendes Zaumzeug an den lautlosen Fall der riesigen Samtpfoten. Sie saßen nicht auf einem grauen, schwarzen oder kastanienbraunen Pferderücken, sondern auf goldenem Fell, und die Mähne flog rückwärts im Winde. Er lief doppelt so schnell als das schnellste Rennpferd, aber dieses Pferd mußte man nicht zügeln, und es wurde niemals müde, über keinen Berg ging es langsamer. Er stürmte vorwärts, glitt niemals aus, strauchelte nie, fand sicher seinen Weg zwischen dichten Baumstämmen, sprang über Büsche und Hecken, er watete durch die schmalen Flüsse, den größten durchschwamm er.

Und sie ritten weder auf einer Straße noch in einem Park, noch am Strand oder in den Dünen, sondern sie ritten quer durch Narnia, mitten im Frühling, Buchenalleen hinunter und über Lichtungen von Eichen, durch wilde Obstgärten, an weißblühenden Kirschbäumen vorbei, an tosenden Wasserfällen vorüber, an bemoosten Felsen, an widerhallenden Höhlen, schwindelnde Grate hinauf und Steilhänge hinunter, in verwilderte Täler und über weite Flächen mit leuchtend blauen Blumen. Es war fast schon Mittag, als sie von einem steilen Berghang aus ein Schloß erblickten. Von dieser Höhe gesehn, glich es einem Spielzeugschloß mit lauter kleinen, spitzen Türmchen, aber der Löwe stürmte in solchem Tempo bergab, daß es jeden Augenblick größer und größer wurde, und bevor sie noch Zeit hatten, sich zu fragen, was das wohl für ein Schloß sein könnte, standen sie schon vor seinen Mauern. Nun sah es nicht mehr wie ein Spielzeug aus, sondern erhob sich finster drohend vor ihnen. Kein Menschengesicht schaute über den Festungswall, und die hohen Tore waren fest verschlossen. Aslan verringerte seinen Lauf nicht, sondern rannte wie aus der Kanone geschossen darauf zu.

»Der Hexe Haus! Nun, Kinder, haltet euch fest.«

Im nächsten Augenblick schien die ganze Welt kopfzustehn, und den Kindern war es, als drehe sich ihnen der Magen um. Der Löwe hatte sich zum gewaltigsten Sprung gesammelt, den er bisher mit ihnen gewagt hatte, und sprang, ach nein, wir wollen es lieber fliegen nennen, er flog regelrecht über die Schloßmauer.

Die beiden Mädchen waren atemlos, aber unversehrt. Als er auf dem Boden landete, purzelten sie von seinem Rücken herab und befanden sich mitten in einem weiten gepflasterten Hof voll Steinfiguren.

Was mit den versteinerten Figuren geschah

»Welch merkwürdiger Ort!« rief Lucy. »All dies steinerne Getier und auch menschliche Figuren! Es ist wie in einem Museum.«

»Pst, pst«, warnte Suse. »Sieh doch, was Aslan tut.«

Und wirklich! Er sprang zu einem Steinlöwen hin und blies ihn mit seinem Atem an. Ohne innezuhalten, strich er von einem zum andern, wedelte wie eine Katze mit dem Schweif um alle herum und blies gleich den Steinzwerg an, der – ihr erinnert euch doch noch –, nur wenig vom Löwen entfernt, diesem den Rücken zukehrte. Dann eilte er zu einer hohen steinernen Dryade, die hinter dem Zwerg stand, wandte sich blitzschnell seitlich zu einem steinernen Kaninchen auf der rechten Seite und lief zu zwei Zentauren hin.

Doch da rief Lucy: »Oh, Suse, schau dir den Löwen an!«

Ihr habt sicher schon einmal gesehn, wie jemand ein brennendes Zündholz an das Papier hält, das zum Feuerfangen unter dem Holz im Ofen liegt. Erst scheint gar nichts zu geschehn, dann aber zuckt ein feiner Flammenstreifen am Rande des Papiers entlang. Und genauso geschah es hier. Eine Weile, nachdem Aslan den Steinlöwen angeblasen hatte, blieb er unverändert starr, dann begann ein dünner Streifen Gold an seinem weißen Marmorrücken entlang zu züngeln, er verbreiterte sich und beleckte ihn, wie eine Flamme das Papier entzündet. Während sein Hinterteil noch versteinert war, schüttelte er schon die Mähne, und eine Steinfalte nach der andern wurde zu lebendigem Haar. Dann öffnete er seinen großen roten Rachen und ließ warm und lebendig ein beachtliches Gähnen hören. Und nun erwachten seine Hinterbeine zum Leben, er hob eines und kratzte sich. Schließlich erblickte er Aslan, lief zu ihm hin, tanzte einen Freudentanz vor Entzücken, sprang an ihm empor und leckte sein Angesicht.

Selbstverständlich folgten die Kinder mit ihren Augen dem Löwen, aber es gab so viele Wunder zu sehn, daß sie ihn bald vergaßen. Überall begannen die Steingebilde zu leben. Der Hof glich nicht länger einem Museum, sondern viel eher einem zoologischen Garten. Allerhand Tiere eilten zu Aslan und umringten ihn, zeitweilig verschwand er gänzlich im Gedränge. Das unheimlich farblose Grau des Hofes verwandelte sich in lebendigen Farbenglanz. Das warme Kastanienbraun der Zentaurenleiber, das Indigoblau des Hornes der Einhörner, das Rostbraun der Füchse,

Hunde und Satyre, die gelben Strümpfe und knallroten Mützen der Zwerge, Eiben und Buchen mit ihrem silbrigen Grün, das Lärchengrün, das fast noch gelblich schimmerte, dazwischen gestreut das Silber der Birkenstämme, und nicht zu vergessen das flammend farbige Gefieder der Vögel.

Aus dem tödlichen Schweigen des Hofes war ein Mordslärm geworden, ein glückliches Bellen, Kläffen, Winseln, das Posaunen der Esel, ein Girren, Gurren, Trillern, Zwitschern, Pfeifen und Tremolieren, ein Stampfen, Wiehern und ein Hurraschreien, ein Jubilieren, Singen und Lachen.

»Oh«, rief Suse ängstlich, »jetzt bin ich neugierig, ob das gut ausgeht!«

Lucy blickte auf und sah, wie Aslan die Füße eines versteinerten Riesen anblies.

»Nur keine Angst!« rief Aslan freudestrahlend. »Sobald die Beine sich bewegen, kommt das andere nach.«

»Ja, das eben fürchte ich«, flüsterte Suse in Lucys Ohr.

Aber es war zu spät, es zu verhindern, selbst wenn Aslan es gehört hätte. Das Erwachen krabbelte schon an den Riesenbeinen hoch, und da bewegte er seine Füße, und einen Augenblick später hob er seine Keule auf die Schulter, rieb sich die Augen und sagte: »Lieber Himmel, ich muß eingeschlafen sein. Aber wo steckt die vermaledeite kleine Hexe? Sie war doch eben zum Greifen nahe, zwischen meinen Füßen war sie.«

Alle schrien ihm etwas zu und versuchten ihm zu erklären, was inzwischen tatsächlich geschehn war. Aber erst nachdem der Riese seine Hand ans Ohr gelegt hatte und sie es nochmals wiederholten, verstand er es endlich, zog seine Kappe vor Aslan und beugte seinen Kopf zwei Stockwerke tief zu Boden; dabei strahlte er über sein häßliches, aber gutmütiges Gesicht. Riesen seiner Art sind heute sehr selten, und nur wenige Riesen sind gutmütig. Ich wette mit euch, ihr habt noch niemals einen »strahlenden« Riesen gesehn. Das ist wirklich ein lohnender Anblick.

»Nun ins Haus hinein!« befahl Aslan. »Schaut euch überall nach Lebendigem um – treppauf, treppab, auch in den Zimmern der Hexe! Untersucht jede Ecke! Ihr ahnt gar nicht, wo noch arme Gefangene verborgen sein können.«

Da rannten alle in das Schloß hinein, und für einige Minuten hallte durch das schrecklich alte dunkle Gebäude das Öffnen der Fenster, und aus jedem hörte man sie einander zurufen: »Vergeßt das Burgverlies nicht!« – »Laßt mich diese Tür öffnen.« – »Da ist eine kleine Wendeltreppe.« – »Hört mal, da ist ein Känguruh, ruft Aslan!« – »Pfui, wie das hier stinkt.« – »Sucht nach Falltüren!« – »Hier hinauf!« – »Dort auf dem Treppenabsatz gibt's noch eine Menge.«

Aber das allerbeste war, als Lucy die Treppe heraufgerannt kam und schrie: »Aslan, Aslan, ich habe Herrn Tumnus gefunden, oh, komm schnell!«

Gleich darauf hielten sich Lucy und der kleine Faun bei den Händen und tanzten vor Freude Ringelreihen. Dem kleinen Kerl war die Versteinerung nicht weiter schlecht bekommen, und er war natürlich sehr gespannt auf alles, was sie ihm zu erzählen hatten.

Doch endlich war diese Herumrennerei beendet und das ganze Schloß der Hexe durchstöbert. Nun stand es leer, mit geöffneten Türen und Fenstern, und die Frühlingsluft durchflutete den dunklen ekelhaften Ort, der das so nötig hatte.

Die erlösten Steinfiguren kamen in den Hof zurück, und da geschah es, daß irgend jemand – ich glaube, es war Tumnus – zum erstenmal fragte: »Aber wie kommen wir denn hier heraus?« Denn Aslan war mit einem Satz über die Mauer gekommen, und das Tor war noch immer verschlossen.

»Das wird schon gehn«, beruhigte Aslan. Dann schrie er dem Riesen zu: »He, du dort oben! Wie heißt du?«

»Riese Rumbelbuffel, mit Verlaub, Euer Gnaden«, antwortete der Riese und zog abermals seine Kappe.

»Nun denn, Riese Rumbelbuffel«, sagte Aslan, »schaff uns einen Ausgang! Willst du?«

»Natürlich, Euer Gnaden, soll mir ein Vergnügen sein«, antwortete der Riese Rumbelbuffel. »Tretet nur vom Tor zurück, ihr kleinen Kribskrabse.« Dann schritt er breitbeinig zum Tor, und: bäng-bäng-bäng, schlug seine ungeheure Keule zu. Die Tore knirschten beim ersten Schlag, knackten beim zweiten, und beim dritten Schlag zersplitterten sie.

Dann machte er sich an die beiden Seitentürme, und nach wenigen Minuten Krachen und Splittern fielen auch diese und ein gut Teilchen der Burgmauer dazu donnernd in sich zusammen und bildeten einen trostlosen Trümmerhaufen. Der Staub verzog sich, und nun war es höchst seltsam, in diesem grimmigen, grauen Steinhof zu stehn und durch die Bresche ins Freie zu schaun. Da sahen sie Gras und wogende Bäume, sie sahen funkelnde Ströme und die Wälder, dahinter blaue Hügel und jenseits der Hügel den Himmelsrand.

»Alle Wetter, ich bin ja ganz in Schweiß gebadet.« Der Riese schnaufte wie eine große Lokomotive. »Ich bin ja ganz aus der Form gekommen. Hat vielleicht eine der jungen Damen so etwas wie ein Taschentuch bei sich?«

»Ja, ich habe eins!« rief Lucy, stellte sich auf die Zehenspitzen und hielt ihr Taschentuch, so hoch sie reichen konnte. »Vielen Dank, Fräuleinchen«, sagte der Riese Rumbelbuffel und beugte sich nieder. Im nächsten Augenblick bekam Lucy einen Schrecken, denn sie fühlte sich zwischen Zeigefinger und Daumen des Riesen aufgehoben. Doch als sie schon fast vor seinem Gesicht war, starrte er verwundert und setzte sie sanft auf den Boden zurück.

»Du lieber Himmel«, murmelte er. »Hab' ich doch jetzt das kleine Mädchen erwischt. Entschuldigung, Fräuleinchen, hab' gedacht, Sie seien das Taschentuch.«

»Nein, nein«, sagte Lucy. »Das hier ist es.« Diesmal gelang es ihm richtig, es zu fassen, aber es war zwischen seinen Fingern so klein wie eine Saccharintablette für uns. Als Lucy sah, wie er feierlich damit über sein großes, rotes Gesicht fuhr, sagte sie:

»Es tut mir leid, Herr Rumbelbuffel, Sie haben nicht viel davon.«

»Aber nein, aber nein«, sagte der Riese höflich. »Hab' noch nie so ein hübsches Tüchlein gehabt! Es ist so fein, so praktisch, so ... ich weiß nicht, wie ich es beschreiben soll.«

»Was für ein reizender Riese«, meinte Lucy zu Herrn Tumnus.

»O ja«, entgegnete der Faun. »Die Rumbels waren immer so. Die sind die angesehenste Riesenfamilie in Narnia. Nicht besonders gescheit (ich weiß nicht, ob es gescheite Riesen gibt), aber eine alte Familie, weißt du, eine mit Tradition. Andernfalls hätte ihn die Hexe niemals in Stein verwandelt.«

Da klatschte Aslan in die Pfoten und befahl Schweigen.

»Unser Tagwerk ist noch nicht zu Ende«, sagte er. »Wenn die Hexe vor dem Zubettgehn noch endgültig besiegt werden soll, müssen wir sofort zum Kampf aufbrechen.«

»Und daran teilnehmen, hoffe ich, Herr«, fügte der größte der Zentauren hinzu.

»Selbstverständlich«, bestätigte Aslan. »Jetzt müssen diejenigen, die sonst nicht mitkämen, die Kinder, Zwerge, kleinen Tiere, auf den Rücken der Großen reiten, also der Löwen, Zentauren, Einhörner, Pferde, Riesen und Adler.

Diejenigen, die gute Nasen haben, müssen mit uns Löwen vorauseilen, um das böse Gesindel aufzuspüren. Macht schnell und ordnet euch!«

Das taten sie denn auch mit viel Getöse und Beifall. Der Zufriedenste von allen war der andere Löwe. Der lief überall herum und tat so, als sei er mächtig beschäftigt. In Wirklichkeit aber erzählte er jedem, dem er begegnete: »Hast du gehört, was er sagte? *Wir* Löwen! Das sind er und ich. *Wir Löwen!* Das hab' ich so gern an Aslan. Kein Dünkel, keine Überheblichkeit, *wir Löwen!* Er meint damit sich und mich.«

Er lief so lange herum und wiederholte das, bis Aslan ihm drei Zwerge, eine Dryade, zwei Kaninchen und einen Igel aufgeladen hatte. Das brachte ihn ein bißchen zur Vernunft.

Ein großer Schäferhund half Aslan am meisten, die Schar in Reih und Glied zu ordnen. Als alles bereit war, zogen sie durch die neue Öffnung in der Schloßmauer aus. Zuerst kamen die Löwen und Hunde, nach allen Richtungen mit der Nase auf dem Boden schnuppernd, und da witterte auch schon ein großer Hund plötzlich die Fährte und schlug an. Nun war keine Zeit mehr zu verlieren. Alle Hunde, Löwen, Wölfe und alle anderen Jagdtiere verfolgten in schnellem Lauf, die Nasen auf der Erde, die Fährte. Die übrigen folgten, so schnell sie konnten. Es war ein Lärm wie auf einer englischen Fuchsjagd. Und gerade als sie um die letzte Windung eines engen, verschlungenen Tales kamen, hörte Lucy zwischen all dem Lärm noch einen anderen Laut. Das klang so gänzlich anders, daß sie ein unheimliches Gefühl überkam. Es war ein Schreien und Rufen, und Metall schlug an Metall.

Nun waren sie aus dem engen Tal heraus und sahen, was geschah. Peter und Edmund kämpften verzweifelt mit dem Rest von Aslans Getreuen gegen einen Haufen scheußlicher Gestalten. Suse und Lucy kannten sie aus der vergangenen

Nacht, nur sahen sie jetzt im Tageslicht noch seltsamer, übler und mißgestalteter aus. Es schienen auch ihrer viel mehr zu sein. Peters Getreue deckten ihm den Rücken, aber es waren erschreckend wenige, und der ganze Kampfplatz war übersät mit Steinfiguren. Offenbar hatte die Hexe ihren Zauberstab benutzt. Augenblicklich jedoch gebrauchte sie ihn nicht, sondern focht mit ihrem Steinmesser. Sie kämpfte mit Peter, und beide schlugen so hart aufeinander ein, daß Lucy nur schwer begriff, was eigentlich geschah. Sie sah bloß das Steinmesser und Peters Schwert. Beide schwangen es so schnell hin und her, daß sie drei Messern und drei Schwertern glichen. Das kämpfende Paar stand in der Mitte. Wohin Lucy auch blickte, auf allen Seiten geschahen die schrecklichsten Dinge.

»Herunter von meinem Rücken, Kinder!« schrie Aslan. Die beiden purzelten zu Boden, und mit einem Donner, der ganz Narnia von der westlichsten Straßenlaterne bis zum östlichen Meeresstrand erschütterte, stürzte sich die mächtige Gestalt des Löwen auf die böse Hexe.

Ihr Gesicht wandte sich ihm zu. Einen Augenblick lang sah Lucy ihren Ausdruck von Schrecken und Entsetzen, dann prallten Löwe und Hexe aufeinander. Aber die Hexe unterlag, und gleich darauf durchbrachen die Kämpfer, die Aslan aus dem Schloß der Hexe befreit hatte, die feindlichen Linien. Die Zwerge mit ihren Streitäxten, die Hunde mit gebleckten Zähnen, der Riese mit seiner Keule – und auch seine Füße zertraten, was ihm in den Weg kam –, Einhörner mit spitzem Horn und die Zentauren mit Schwert und Huf. Peters ermüdete Heerschar jubelte auf, die Neuangekommenen brüllten jauchzend, und die Feinde wimmerten und heulten, daß der Wald vom Lärm dieses Schlachtgetümmels widerhallte.

Die Jagd auf den Weißen Hirsch

Wenige Minuten nach ihrer Ankunft war der Kampf entschieden. Die meisten Feinde wurden von Aslan und seinen Gefährten im ersten Sturm überrannt, und als die Überlebenden merkten, daß die Hexe tot war, gaben sie den Widerstand auf oder suchten das Weite.

Lucy sah, wie Aslan und Peter sich umarmten. Peters Anblick befremdete sie, sein Gesicht war so blaß und ernst, als sei er viele Jahre älter geworden.

»Es war Edmunds Tat, Aslan«, sagte Peter. »Ohne ihn wären wir alle besiegt worden. Die Hexe verwandelte unsere Truppen rechts und links in Stein. Nichts konnte Edmund aufhalten. Er kämpfte sich an drei Menschenfressern vorbei, die Hexe wollte eben deine Leoparden versteinern, und als er bis zu ihr vorgedrungen war, zerschmetterte er mit dem Schwert blitzschnell ihren Zauberstab. Er war so klug, nicht zuerst auf sie loszuschlagen – den Fehler machten die andern alle –, sonst wäre auch er noch versteinert worden. Wir hatten schon genug Drangsal, Leid und Mühe. Als ihr Zauberstab zerbrochen war, besserte sich unsere Lage. Aber wir hatten schon vorher zu viele der Unsern verloren. Edmund ist schwer verwundet, wir müssen nach ihm sehn.«

Etwas abseits vom Kampfplatz fanden sie Edmund in der Obhut von Frau Biberin. Sein Mund stand weit offen, und sein Gesicht war grünlich bleich.

Da erinnerte sich Lucy zum erstenmal wieder an das kostbare Lebenselixier, das ihr der Weihnachtsmann geschenkt hatte. Sie konnte den Stöpsel kaum aus der Flasche ziehn, so sehr zitterten ihr die Hände; doch zuletzt gelang es, und sie träufelte einige Tropfen in ihres Bruders Mund.

Als sie noch immer angstvoll auf Edmunds blasses

Gesicht blickte und wartete, ob der Saft schon geholfen hätte, mahnte Aslan: »Es gibt noch mehr Verwundete, Lucy!«

»Ja, ich weiß«, sagte Lucy ärgerlich. »Warte noch einen Augenblick!«

»Evastochter«, sagte Aslan mit ernster Stimme. »Die andern sind auch dem Tode nahe. Sollen noch mehr Geschöpfe Gottes für Edmund sterben?«

»Verzeih mir«, sagte Lucy, sprang auf und folgte ihm. Und in der nächsten halben Stunde waren sie beide rastlos beschäftigt, sie, die Verwundeten zu retten, und er, die Versteinerten zu erlösen. Dann endlich war Lucy frei und kehrte zu Edmund zurück. Er stand wieder auf den Beinen, und nicht nur seine Wunden waren geheilt, sondern er sah weit besser aus als je zuvor, besser jedenfalls als seit dem ersten Jahr in der abscheulichen Schule. Damals waren seine schlechten Eigenschaften zum Vorschein gekommen. Nun aber war er wieder ganz der alte Edmund und konnte einem offen ins Gesicht blicken. Und hier, mitten auf dem Schlachtfeld, schlug Aslan ihn zum Ritter.

»Weiß er auch, was Aslan für ihn getan hat?« flüsterte Lucy Suse zu. »Weiß er, was Aslan in Wirklichkeit mit der bösen Hexe abgemacht hatte?«

»Pst, nein, natürlich nicht«, sagte Suse.

»Sollten wir es ihm nicht erzählen?« fragte Lucy.

»Nein, das wäre ja schrecklich für ihn. Überleg mal, wie dir in solchem Fall zumute wäre.«

»Das ist ganz gleichgültig. Er sollte es wissen«, beharrte Lucy, aber da wurden sie unterbrochen.

Zum Schlafen blieben sie in dieser Nacht, wo sie sich gerade befanden. Wie Aslan für alle Essen herbeischaffte, weiß ich nicht, doch irgendwie und irgendwo fand er das Nötige, und so saßen sie gegen acht Uhr abends alle im Gras um einen feinen Schmaus herum.

Am andern Morgen begann der Marsch gegen Osten, den Fluß entlang, und am Tag darauf, ungefähr zur Teestunde, erreichten sie wirklich die Mündung des großen Flusses. Das Schloß Feeneden auf seinem kleinen Hügel stand hochgetürmt über ihnen, davor der Strand mit Klippen und kleinen Meerbuchten, mit Schilfgras und dem Geruch des Meeres, und meilenweit blaugrüne Wogen, die sich immer und immer wieder auf dem Strande brachen. Ach, und der Schrei der Möwen! Habt ihr ihn je gehört? Erinnert ihr euch daran?

An diesem Abend nach dem Tee gelang es den Kindern, wieder einmal an den Strand hinunterzulaufen, Schuhe und Strümpfe auszuziehn, und dann fühlten sie den Sand zwischen den Zehen ihrer bloßen Füße durchrieseln.

Doch der nächste Tag war viel feierlicher. Denn da – in der großen Halle von Feeneden, der Halle mit dem Elfenbeindach, die westliche Mauer mit Pfauenfedern behängt, das östliche Tor dem Meere zugewandt, da krönte Aslan sie feierlich in Gegenwart all ihrer Freunde, unter Trompetenklang führte er sie zu den vier Thronen, und laute Rufe erschallten: »Lang lebe König Peter! Lang lebe Königin Suse! Lang lebe König Edmund! Lang lebe Königin Lucy!«

Dann sagte Aslan: »Wer einmal König in Narnia wurde, bleibt König für alle Zeiten. Vergeßt das nie und haltet es hoch in Ehren, ihr Söhne Adams und ihr Töchter Evas!«

Durch das sperrangelweit geöffnete Osttor klang der Gesang der Meermänner und Meerjungfrauen. Sie schwammen dicht am Strande und sangen Lobgesänge zu Ehren der neuen Könige und Königinnen. So saßen die Kinder nun auf ihren Thronen, hielten Zepter in ihren Händen, ehrten alle ihre Freunde und belohnten sie, den Faun Tumnus und die Biber, den Riesen Rumbelbuffel, die Leoparden und guten Zentauren, die freundlichen Zwerge und auch den Löwen. In dieser Nacht war ein großes Fest auf Feeneden, lärmende Lustbarkeit, Tanz und goldner

Prunk. Der Wein floß in Strömen bei den Klängen der Musik, und von draußen ertönte süßer und eindringlicher noch die Musik der Meerleute.

Inmitten der Festlichkeiten jedoch verschwand Aslan unbemerkt. Als die Könige und Königinnen gewahrten, daß er nicht mehr da war, sagten sie nichts darüber, denn der Biber hatte sie gewarnt. »Er wird kommen und gehn. Ihr werdet ihn an einem Tag sehn und am andern nicht mehr. Niemals läßt er sich halten. Natürlich, es gibt noch andere Länder, die auch auf ihn warten. Das ist ganz recht so. Er wird wiederkommen, aber ihr dürft nicht drängeln. Er ist wild, das wißt ihr doch, er ist kein zahmer Löwe.«

Wie ihr seht, ist nun die Geschichte fast, aber doch noch nicht ganz zu Ende.

Die zwei Könige und die beiden Königinnen regierten lange und gerecht in Narnia. Ihre Herrschaft war glücklich. Zunächst brauchte es noch viel Zeit, um die Überreste der Anhänger jener Weißen Hexe aufzuspüren und zu beseitigen. Zeitweise kamen immer wieder Gerüchte von bösen Dingen, die sich in den weiten Wäldern zutrugen. In dem einen Monat wurde ein Werwolf gesichtet, im andern beunruhigte eine Hexe die ganze Gegend. Doch zu guter Letzt war die ganze üble Brut ausgerottet.

Nun machten die vier Könige und Königinnen richtige Gesetze und sorgten für Frieden. Sie behüteten gute Bäume davor, unnötig gefällt zu werden, und befreiten die jungen Zwerge und kleinen Satyre von jeglicher Schulpflicht. Sie hielten die Geschäftemacher und sonstigen Unruhestifter im Zaum und unterstützten die guten Leute, die nach ihrem eigenen Geschmack leben und auch andere leben lassen wollten. Sie drängten die gefährlichen Riesen zurück, die – ganz anders als der Riese Rumbelbuffel – die Nordgrenzen Narnias überschreiten wollten. Sie schlossen Freundschaften und Bündnisse mit den Ländern jenseits des Meeres, machten Staatsbesuche und empfingen solche.

Sie selbst wuchsen heran und veränderten sich von Jahr zu Jahr. Peter war ein hoher, breitbrüstiger Mann und großer Krieger geworden und hieß nun Peter der Prächtige. Suse war eine schlanke, anmutige Frau, deren schwarze Haare fast bis an die Knöchel niederfielen. Die Könige der Länder jenseits des Meeres schickten Boten, die um ihre Hand warben. Sie hieß Suse die Sanfte. Edmund war ernster und ruhiger als Peter, gewichtig im Rate, ein weiser Richter, und wurde Edmund der Gerechte genannt. Ach, und nun gar Lucy, immer noch war sie heiter und goldlokkig, und alle die Prinzen ringsumher wollten sie so gerne zu ihrem Prinzeßchen machen. Im eigenen Volk nannte man sie die tapfere Königin Lucy.

So lebten sie in Glück und Freude, und wenn sie einmal an ihr Leben in dieser Welt zurückdachten, erschien es ihnen nur wie ein Traum ...

Da trug es sich eines Jahres zu, daß Tumnus, der bereits ein bejahrter und behäbiger Faun geworden war, den Fluß herunterkam und ihnen erzählte, der Weiße Hirsch sei wieder einmal im Westwald aufgetaucht, jener Weiße Hirsch, der einem Wünsche gewährt, wenn man ihn fangen kann. Da beschlossen die zwei Könige mit den beiden Königinnen und den wichtigen Hofleuten, mit Hörnern und Hunden im Westwald zu jagen, und den Weißen Hirsch aufzuspüren. Und richtig, sie hatten noch nicht lange gejagt, als sie ihn sichteten. Sie folgten ihm über Stock und Stein, durch dick und dünn, bis die Pferde der Hofleute ermüdet zurückblieben und nur die vier ihn noch verfolgten. Aber da sahen sie den Hirsch im Dickicht verschwinden, wohin selbst die Pferde ihm nicht folgen konnten.

Da sagte König Peter: »Edle Gefährten!« Da sie so lange

schon Könige und Königinnen waren, redeten sie jetzt in einer ganz andern Sprache miteinander. »Laßt uns von unsern Pferden springen und dem seltenen Tier ins Dikkicht folgen, denn mein Lebtag jagte ich noch nie ein edleres Wild.«

»Hoher Herr«, sagten die andern, »das wollen wir tun!«

So stiegen sie ab, banden die Pferde an die Bäume und schritten zu Fuß in das Dickicht. Da sagte Königin Suse: »Edle Freunde, hier ist ein Wunder. Mir scheint, ich sehe einen eisernen Baum.«

»Hohe Frau«, sprach König Edmund, »wenn Ihr genauer hinschaut, werdet Ihr einen eisernen Pfahl erkennen mit einer Laterne obendrauf.«

»Bei des Löwen Mähne, was für ein sonderbares Zeichen!« rief König Peter. »Eine Laterne unter so hohen dichten Bäumen, wo ihr Licht, selbst wenn man sie anzündete, keiner Seele leuchten würde.«

»Edler Bruder«, meinte Königin Lucy. »Die Bäume waren ursprünglich an dieser Stelle wohl niedriger, vielleicht waren ihrer auch wenige, oder sie fehlten ganz, denn dies ist ein junger Wald, und der Eisenpfahl ist alt.« Sie blieben stehn und betrachteten ihn aufmerksam.

Dann sagte König Edmund: »Ich weiß nicht, wie mir ist und warum mich diese Laterne so seltsam bewegt, als hätte ich Ähnliches schon einmal gesehn, vielleicht im Traum oder im Traum der Träume.«

»Mehr als dies«, sagte Königin Lucy. »Ich werde das Gefühl nicht los, als erwarteten uns hinter dem Laternenpfahl noch seltsamere Abenteuer.«

»Edle Schwester«, rief König Edmund, »mein Herz wird von der gleichen Vorahnung ergriffen.«

»Auch mir ergeht es so, edler Bruder«, sagte König Peter.

»Ich teile euer Gefühl, und deshalb folgt meinem Rat«,

bat Königin Suse. »Kehren wir zu unsern Pferden zurück, und verfolgen wir den Weißen Hirsch nicht weiter.«

»Herrin«, sprach König Peter, »verzeihe, wenn ich widerspreche. Haben wir vier, seitdem wir Narnia regieren, jemals ein Unternehmen im Stich gelassen, ob es nun um Krieg, um Rechtsprechung oder um andere große Taten ging? Was immer wir unternahmen, wir haben es zu Ende geführt.«

»Schwester«, sagte Königin Lucy, »mein königlicher Bruder spricht wahr. Wir müßten uns schämen, wenn wir aus Furcht umkehrten, bevor wir nicht das edle Wild erlegt haben.«

»Das ist ganz meine Meinung«, sagte König Edmund. »Ich verlange sehnlichst danach, die Bedeutung dieses Zeichens zu ergründen. Für alle Reichtümer Narnias und des gesamten Eilandes wollte ich jetzt nicht mehr freiwillig umkehren.«

»Nun denn, im Namen Aslans!« rief Königin Suse.

So drangen die Könige und Königinnen ins Dickicht vor, und schon nach wenigen Schritten erinnerten sie sich plötzlich, daß das Ding, das sie vor sich sahen, eine Straßenlaterne hieß. Und als sie wieder einige Schritte gegangen waren, führte ihr Weg nicht mehr durch Zweige, sondern Mäntel streiften sie, und gleich darauf purzelten sie gemeinsam aus einer Wandschranktür in ein leeres Zimmer hinein und waren nicht mehr Könige und Königinnen in Jagdgewändern, sondern Peter, Suse, Edmund und Lucy in ihren Alltagskleidern. Es war noch derselbe Tag, dieselbe Stunde, zu der sie sich im Wandschrank versteckt hatten. Frau Macready und die Besucher redeten im Gang, aber sie kamen nicht ins Zimmer, und die Kinder wurden nicht erwischt . . .

Und das wäre nun eigentlich das Ende der Geschichte, hätten die Kinder nicht den Wunsch gehabt, dem Professor zu erklären, warum vier Mäntel aus dem Wandschrank fehlten.

Der Professor, der wirklich ein erstaunlicher Mann war, sagte nicht etwa: »Seid nicht so dumm und erzählt mir keine Lügen«, sondern glaubte die ganze Geschichte. »Nein«, meinte er, »es würde nicht viel nützen, nochmals durch den Wandschrank zu gehn, um die Mäntel zu holen. Auf die Art kommt ihr niemals nach Narnia. Die Mäntel wären jetzt gar nicht mehr gut. Meint ihr nicht auch? He? Was sagt ihr? Ja, natürlich werdet ihr eines Tages wieder nach Narnia zurückgelangen. Wer einmal König von Narnia war, bleibt König von Narnia. Doch versucht nie denselben Weg zum zweitenmal! Und überhaupt, versucht nicht, so hinzukommen. Es geschieht von selbst, wenn ihr es nicht erwartet. Und redet nicht zuviel darüber! Versucht auch nicht, es andern zu erklären, wenn ihr nicht spürt, daß sie ähnliche Abenteuer erlebt haben. Woher ihr das wissen sollt? Das werdet ihr schon merken. Das Seltsame, sagt man, offenbart sich von selbst. Haltet nur eure Augen offen! Lieber Himmel, was bringen sie den Kindern eigentlich heutzutage in den Schulen bei?«

Und das ist das wirkliche Ende der Abenteuer im Wandschrank. Doch wenn der Professor recht hat, war es erst der Anfang der Abenteuer in Narnia.

Weltreich der Phantasie

Die NARNIA-Reihe
Phantastische Abenteuer von **C. S. Lewis**

Kennst du Narnia? Es ist das wundersame Land der sprechenden Tiere und der geheimnisvollen Kräfte, in das nur Kinder Zutritt haben. Der gute Löwe Aslan ist immer wieder der Retter, Helfer und Beschützer, der den Kindern, die auf wundersame Weise nach Narnia kommen, beisteht.

Von den vielen Abenteuern erzählen die Bände:

Das Wunder von Narnia
Der König von Narnia
Wiedersehen in Narnia
Ein Schiff aus Narnia
Die Tür nach Narnia
Der Ritt nach Narnia
Der Kampf um Narnia

Jeder Band 144 Seiten mit Illustrationen von Rolf Rettich.

ANNETTE BETZ VERLAG

Kinderbuch-Klassiker bei dtv junior

dtv junior 70031 Ab 10

dtv junior 70048 Ab 10

dtv junior 70060 Ab 10

dtv junior 70076 Ab 10

dtv junior 70044 Ab 10

dtv junior 70078 Ab 10

Spannendes für Leser ab 10 Jahre bei dtv junior

dtv junior 70061

dtv junior 70090

dtv junior 70099

dtv junior 70057

dtv junior 70100

dtv junior 70084

lesen und verstehen

Bücher für 9–12jährige Leser, die sich mit den Problemen ihrer Umwelt befassen.

lesen und verstehen

Peter Härtling

Das war der Hirbel

dtv junior 7321

Elfie Donnelly

Der rote Strumpf

dtv junior 70073

Sydney Taylor

Die Mädchenfamilie

dtv junior 70045

Lisa Tetzner

Die Kinder aus Nr. 67

Band 1 und 2

dtv junior 70050

Eveline Hasler

Denk an den Trick, Nelly

dtv junior 70033

Jamie Gilson

Das Wort kann ich nicht lesen!

dtv junior 70072